双葉文庫

男たるもの

神崎京介

目次

男たるもの

本書は『週刊大衆』２００７年11月５日号
～２００８年５月12・19日号に連載された
同名作品に加筆・訂正を加えたものです。

プロローグ

男は人生を愉《たの》しむべきである。

生きるためだけに生きているなんて悲しすぎる。

男は悲しく生きるために生きているのではない。愉しく生きる義務がある。そのために生まれてきたのだから。

たとえば、仕事、金、女、自分の趣味のうち、どれかひとつでも充実していれば、自分の人生は愉しいと言えるだろう。

椎名天馬《しいなてんま》という男がいる。デパート勤務の三十八歳。ごく普通に学校を出て会社勤めをして、ごく普通に結婚し、ごく普通の人生を歩んできた。

つまり、ごく普通であることが充実であると考えてきた。

突拍子もないことには手を出さず、そこそこのつきあいをして、そこそこに酒を飲み、そこそこに遊んできた。平凡な自分、そして平凡な生活。そこから安定がつくりだされるとわかっているからこそ、平凡であることをよしとしてきた。彼にとっての充実は、仕事の成功だった。仕事を成功に導くための忙しさであり、あれこれ考えることが充実だった。それだけだ。金も女も趣味もないし、夫婦の時間を大切にするわけでもなかった。それでいいと思っていた。三十八歳になるまでは。

彼はふと思った。

このまま淡々とした生活を送って、後悔しないだろうかと。

きっかけが何だったのか思い出せないくらいに些細なこと。それでも、三十八歳の男の惑いの瞬間だった。惑うということは、今の生き方に疑問を抱いているという心の叫びでもあった。

防御本能に優れている大人だったら、そんな疑問など遣り過ごすだろう。自分の気持を適当になだめて、おおごとにならないようにするだろう。破綻しない生き方をする責任があるとわかっているからだ。

しかし彼は立ち止まって考えた。

人生を愉しむべきではないのかと。

今よりも充実がないだろうかと。

仕事、金、女、自分の趣味の中で、仕事はすでに選んでいる。残っているものの中で選ぶとすれば、女だと思った。それはもっとも現実的な選択でもあった。

彼は女というものを知らなかった。それを自覚していた。結婚しているから、女性が多い職場に勤めているからといって、女心がわかるわけではないのだと気づいていた。ならば、学べばいい。彼は前向きだった。

彼は新たな人生の第一歩を踏み出した。

男として、女性にどう振る舞うべきなのか、どんな心構えをもっているべきなのか。学ぶべきことは多い。時代が変わったことで、子どもの頃に学んだ男としての振る舞いや心構えは通用しなくなっていた。古い価値観から脱却しなければいけなかった。

椎名天馬、三十八歳。

勇気を出して新しい世界を歩みはじめた。

充実の世界の扉は開いた。

第一章　清く正しくスジを通す

「本当のこと言うとね、わたし、椎名さんが誘ってくれたら、いつでもオーケーするつもりでいたんです」

倉田美里《くらたみさと》は少し酔っているようだった。頬《ほお》の赤みが濃くなっているし、白目の部分がわずかに充血している。

彼女はそんな大胆なことを言う女性ではなかった。ラブホテルに入ったことで、素直になったのかもしれない。キングサイズのベッドに坐っているうちに、性的な高ぶりが強まったのかもしれない。

うれしいことを言ってくれる。椎名天馬は彼女のかたわらに腰をおろすと、華奢《きゃしゃ》な肩を包み込むようにして抱いた。

「ふたりでラブホテルにいるなんて、美里ちゃんの相談にのってあげていた頃には想像できなかったなあ」

「昔のことのように感じますけど、たった一年半前のことなんですよね。だけど椎名さん、本当に誘惑したいとは考えなかったんですか」

「あの頃の君を誘うわけがない」

「あなたの直属の部下だったから？」

「そうじゃない。旦那《だんな》のことで、悩んでいたじゃないか。きちんとした男というのは、弱みにつけ込んだりしないんだ」

「わたしはつけ込んでほしいって思っていました」

「できるわけがない、部下だったんだから」

「わたしのこと、部下としてしか見ていなかったんですね」

「こんなに魅力的な美人なんだから、女として見ていたさ。たぶらかそうと考えなかっただけかな」

「たぶらかすだなんて……。椎名さんって、おかしい。耳を疑うくらいの古臭い言葉を平気で遣うんですね」

「美里ちゃんとは、ひとまわりも違うから、言葉の遣い方や感じ方が違うのは無理もないのかもね」

「椎名さんのこと、すごく年上に感じていましたけど、十二歳しか違っていなかったんですね」

「ひとまわり違うっていうことは、大した違いだよ。三十八歳だからね。ぼくも齢《とし》をとったもんだ」

天馬は大げさにため息をつくと、もう一度、美里の肩を強く抱いた。

三ヵ月前に退社した彼女と会うのは、今夜が初めてだ。

親身になって相談にのってあげていた一年半前は人妻であり、優秀な部下だった。でも、今ここで腕の中にいる女性はそのどちらでもない。

二週間前に離婚が成立したということだった。

つまり、彼女と親密な関係になることにためらう理由はないということだ。それに、今まさに彼女に求められているし、自分だって彼女を求めている。ふたりの気持が重なっているのだから、既婚者ということを抜きにすれば、男として間違った行動をとってはない。

天馬はゆっくりと、彼女の太ももに手を乗せた。スカートの上からだけれど、太ももの内側の筋肉がひきつるように緊張するのが伝わってきた。たぶん、不安や恐れによるものなのだろう。

「連絡をしてくれて、うれしかったよ。まさか、君から電話がくるとは思っていなかったからね」

「わたし、そんなに薄情な女に見えますか？　お世話になった人に連絡するのは当然です」

「きちんとスジを通したかったということか。素晴らしい心がけだ」

「だけど、連絡した男の人は、椎名さんだけでした」

「君は賢明な女性だね」

「すごい自信。椎名さんは自信家だったんですね。」

「ははっ、どうかな。自信があるように見せているだけで、本当は不安だらけかもしれないよ」

「だったら、自信をもってください。わたしが会いたいと願っていたのは、あなただけですから……」

「嘘《うそ》でもうれしいな」

「わたし、嘘なんかつきません」

美里がムキになって言い返してきたことに、天馬は満足して微笑んだ。あらわした感情が、彼女の愛情の強さや濃さに思えた。気持に勢いがついて、止めていた手を動かしはじめた。

スカートの裾から出ている膝を撫でる。ストッキングのスベスベした感触が気持いい。美里が膝を震わせるたびに、ストッキングの細かい編み目もほんのわずかに動く。そこから甘く匂いが湧き上がってくる。これは大人の女の色香そのものだ。

今もまだ信じられない。こんなにも男心をくすぐる言葉を囁《ささや》く魅力的な女性に暴力を振るったり、投げ飛ばしたりした男がいたとは。彼女から相談を受けて、ひどい夫だと知っている。別れることができて本当によかった。

天馬には女房に暴力を振るう男の心が理解できない。喧嘩《けんか》している最中に、激しい言葉を浴びせたりするくらいはわかる。でも、そこまでだ。美里の元夫のように、手を出す男の心理は理解不能だ。夫というものを特別な存在だと勘違いしているのだろうか。それとも、結婚したら、夫は妻に何をしてもいいと思っていたのか。その元夫は、弱い者イジメしかできない気の小さな男だったのか。

彼女の肩を摑《つか》んだ。自分のほうに引き寄せると耳元で囁いた。

「キスしたくなったな」

「いや……」

「どうして？　いいよね？」

「もうちょっと待って。無理強いはしないで」

「どうかな、それは……。我慢できなくなりそうだ」

そう言ってはみたものの、彼女の許しがないままくちびるを重ねるつもりはなかった。そんなことをしたら、暴力夫と同じになってしまう。椎名天馬という男に希望や期待を抱いてくれたからこそ、彼女は電話をしてきたし、会いたいとも言ったのだ。

強引に求めれば応じてくれそうだったけれど、天馬は自重した。彼女を傷つけるようなバカなことはしたくなかった。男としての矜持《きょうじ》があるなら、女性の気持を汲《く》むべきなのだ。心が弱っている女性の場合なら、なおのことそうではないか。

スカートの上から太ももを撫でる。裏地とストッキングが擦れ合う感触が気持いい。もう一方の手を、彼女の肩から脇腹に移して、ブラジャーの上から乳房を撫でる。もちろん恐る恐る。拒絶の言葉を投げられたり、いやがる素振りが見えたら、すぐに手を引っ込められるように心の準備はしていた。

美里は自分から乳房への愛撫をねだるように上体を寄せてきた。ぴたりと揃えている膝を緩めた。太ももの内側のやわらかい肉が垣間見えても、スカートの裾を元に戻そうとはしなくなった。キスを許すという意味だ。つまり心配は無用になったということだ。

天馬はゆっくりと顔を寄せた。

横顔がきれいだ。長いまつ毛だ。鼻もくちびるの形も素晴らしい。こんなに素敵な女性に触れられるのが信じられない気分だ。

くちびるを重ねた。

彼女との初めてのキス。やわらかいくちびるだ。自分でも気恥ずかしくなるくらいにキスにもくちびるの感触にも感動している。それは当然かもしれない。一年半も前から憎からず想ってきた女性なのだから。

彼女も甘えたような甘い鼻息を洩らす。口の端からうわずった呻《うめ》き声をあげる。上体を揺すって、乳房をさらに強く押しつけてくる。愛撫をねだるというより、押しつけることで愛撫の代わりにしているようだった。それだけでも気持がいいらしく、時折、上体を激しく震わせた。

彼女を押し倒す。もちろん、乱暴にではなく。「あっ」という短い呻き声があがる。長い髪がキングサイズのベッドに広がる。ラブホテルならではの赤みの濃い妖しい明かりを浴びて、髪が艶《つや》やかに輝く。

化粧品の匂いとは別の甘く生々しい匂いが拡がる。高ぶった女の軀《からだ》から滲《にじ》み出てくる匂いだ。それくらいの区別はできるし、見分けられるだけの敏感さも持ち合わせている。そうでなければ、三十八歳になるまで、デパートの催事専門の部署で働けなかっただろうし、女性の部下を束ねられなかっただろう。

「美里ちゃん、すごく素敵だよ」

「二十六歳なんですから、ちゃん付けなんておかしいですよ。呼び捨てにしてください。わたし、そのほうがうれしいから……」

「美里、か」

「はい、あなた」

「なんともいえず、いい気分になるものだね」

天馬は素直に言った。美里と呼び捨てにしたことがすごく新鮮に感じられた。実はこの瞬間に初めて、妻の友里子《ゆりこ》のことを想った。これまで、呼び捨てにした女性は妻だけだったからだ。妻と同じか。そんな感慨めいた思いが膨らんだ。でも、罪悪感は湧き上がらなかった。裏切っているという意識さえもなかった。たぶんそれは、美里のみずみずしい感性に没入していたおかげだ。余計なことが入り込む隙もないし、考えるゆとりもなかった。

「椎名さん、聞いてください」

「何……」

「わたし、離婚が成立した後、あなたに抱かれたいとずっと思っていました」

「うれしいよ、美里」

彼女の長い髪をくちびるでかき分け、耳たぶをあらわにしたところで天馬は囁いた。高ぶりが強まっている。なのに、セックスしようとは思わなかった。

性欲や欲望が弱まったというわけではない。射精をして得られる快楽が目的のセックスはしたくなかったからだ。男と女が心と軀を求めあう。その結果としてセックスに至る。そんなふうにして軀を重ねるというのが、今の天馬にとっての理想だった。

若い時は違った。セックスすることが目的だった。できることなら美人としたい。しかも、フェラチオを長い時間してくれる美人。心のことなどまったく気に留めなかった。セックスしてくれる女性が好きだった。理想は美人を相手にすることだったけれど、不細工で好みではない女であってもいいということにした。

美里が熱い眼差しで見つめてきた。仰向けになっている軀を横にして、太ももを寄せた。

「仕事をしている椎名さんの姿を見て、いつか、この人に抱かれるかもしれないと思うことがありました」

「君は仕事中にそんなことを考えていたのか……。うれしいと言っていいのかどうか。上司だったぼくにしたら複雑だね」

「ところで、お仕事は順調ですか？」

「忙しくて頭の中がパンクしそうだよ。今、三つも並行して半年も先の企画を考えているからね」

「お手伝いできることがあったら、おっしゃってください。わたし、すっごくヒマしてますから」

「ということは、まだ働いていないのかい？　再就職したのかと思っていたよ」

「離婚のいたみが薄れるまで、もうちょっとお休みしようと思ってます。といっても、のんびりはしていられませんけど」

彼女は横向きのままで、乳房を押しつけてきた。ブラジャーの背中側に右手を伸ばしやすくなった。おかげで、セーターの上からホックを外せた。

セーターの内側に手を入れる。脇腹から乳房のすそ野に向かって指を這《は》わせる。もわりとした生温かい空気が吐き出されてくる。ホックを外したことで、ブラジャーのカップが浮き上がっていた。指先を侵入させると、ブラジャーがずれた。カップの下側のワイヤーの部分が邪魔だったけれど、かまわずに乳房の頂点に向かった。

意外と巨乳だ。こんなにも豊かな乳房を想像していなかった。着痩せするタイプか、目立たないようにブラジャーで押さえつけていたのか。

「おっぱい、大きいんだね」

「年に何回も下着フェアを催している人じゃないですか、わたしのカップ、わかるんじゃないですか」

「もう少し触ってみないとわからないかな」

「だめです。もう十分でしょ？」

「Eカップかな」

「残念。Fでした」

「そんなに大きいんだ。Fかあ、なんだか誇らしいな」

「変な人。自分のことでもないのに誇らしいだなんて……」

「今は、ぼくのものだからね」

彼女は何も応えなかった。男心がわかっているからこそ、否定しなかった気がする。たとえば、わたしは誰のものでもないとか、誰かのものになって散々な目に遭ったからもうこりごりとか、自分の軀は自分のものですとか……。そんなことを言われたら男の心は萎《な》える。高ぶりは鎮《しず》まり、欲望も失《う》せかねない。

「ねえ、おっぱいに触って。もっともっと、たくさん触って……」

彼女は言うと、仰向けになった。セーターを着たままでブラジャーを素早く抜き取った。それをサイドテーブルに置くと、彼女はセーターをめくり上げた。

豊かな乳房があらわになった。

仰向けになっているというのに、巨乳の迫力は失せていなかった。美しいお椀の形をしていて、脇腹に流れているのはわずかだった。

白い肌だ。キメが細かくて、しっとりとしていた。指の腹で触ると、肌のほうから吸い付いてくるようだった。迫《せ》り上がった乳輪も美しい。親指と中指で円をつくった時の大きさとほぼ同じだった。硬く尖った乳首が乳輪の中心で屹立《きつりつ》していた。

若さに溢《あふ》れている肉体だ。乳房も肌もみずみずしい。精気がみなぎっていて、そばにいるだけで心地いい。結婚していた期間が二年程度と短くて、しかも、性的な関係が少なかったことが幸いしたのだろうか。暴力夫に精気を吸い取られた気配はなかった。

彼女に馬乗りになった。

仰向けになっている時の彼女もきれいだ。ベッドを共にしなければ見られない角度だ。幸せな気持が迫り上がる。陰茎のつけ根の硬さが、彼女の下腹部に伝わっているはずだ。それもまた満足につながる。

Fカップの巨乳を、両手で支えるようにして包み込んだ。そのままゆっくりと持ち上げていく。巨乳ならではの重量感が指の腹だけでなく、手首にまで伝わる。左右に押し開いたり、狭めたりを繰り返す。湿り気が強まっている。深い谷底からは生々しい匂いが湧き上がってくる。

「顔を埋めてもいいですよ、椎名さん」

「うん、そうさせてもらうよ。男というのは、大人になっても子どもみたいなところがあるんだよな」

「だから、可愛いんです。だから、辛いことがあっても、男の人に愛想を尽かすことができないんです……」

ねっとりした眼差しで見つめながら、美里は粘っこい声で言った。その後すぐに、両手で乳房を挟むと、左右から圧迫して持ち上げた。

彼女は目で、谷間に顔を埋めるようにうながしてきた。瞳を覆っている潤みにさざ波が立っていた。興奮している目だった。

天馬は屈み込むと、乳房のやわらかい肉の中に顔を埋めた。

二十六歳の美里の乳房は豊かでやわらかかった。顔をほんの少し押しつけただけなのに、鼻がずぶりと埋まるようだ。深く息を吐き出すたびに乳房全体が波打つ。頂点の乳首が小刻みに揺れる。男の性欲を煽る女の色香が漂うのを感じる。

「ねえ、吸ってみて……」

彼女が恥じらいながら、甘えた声を投げてきた。

天馬は微笑みながらうなずくと、乳房にむしゃぶりついた。焦りは禁物だと胸の裡で自分に言い聞かせながら。

乳首を口にふくむ。舌先でていねいに転がす。指の腹よりも舌先のほうが、乳首の硬さをはっきりと感じる。乳輪からの迫り上がりも高く感じる。

美里がわずかに顔を上げて、妖しい眼差しで見つめてきた。唾液に濡れたくちびるが輝き、淫靡《いんび》な光を放つようだった。

「わたし、おっぱいがすごく感じるの。ああっ、椎名さんに相談している時、こんなふうに可愛がってもらいたいって考えたことがあるの」

「信じられないな……。深刻な相談だったはずなのに」

「あの頃、わたしは椎名さんに頼りきりだった。だからこそ、抱いて欲しいと思ったんです」

「余裕があったんだね。それとも、それこそが、女の強さだとかしぶとさってことになるのかな」

「あなたへの想いを抑えるのに苦労しました。離婚のことはすごく辛かったんですけど、好きという想いを気づかせないようにするのも、わたしにとっては大変なことでした」

「抑えてくれて本当によかったよ」

「わたしもそう思います」

「相談している時に、美里に告白されてたら、たぶん、今こうして抱きあっていないんじゃないかな」

天馬はそう言ってうなずいた。そうだ、そのとおりだ。彼女とは間違いなく会わなかっただろう。

一年半前、彼女は離婚問題で悩んでいた。毎日、ひどい顔で出社してきた。寝不足といった程度のものではない。青あざをつけてきたことも何度かあった。会社で見せる顔とは思えない暗い表情をすることもたびたびだった。見るに見かねて、天馬は彼女の相談相手になった。夫の家庭内暴力に苦しんでいるということだった。対処法などわからない。できることといったら、彼女の苦しみを聞いてあげることくらいだった。

美里の心は弱っていた。つけ込もうと思えば簡単にできただろう。でも、そんなことはしなかった。上司としての立場は崩さなかった。口説き文句ひとつ囁かなかったし、つきあって欲しいといったことを匂わせたりもしなかった。

「椎名さんって、見た目からは考えられないくらい、きちんとした人だったんですね」

「どういうことだい？　ちゃらんぽらんな男に見えたのかな」

「スジを通すことよりも、ノリのほうを大切にする人かなって思っていました。だから、やましいことでもノリでしちゃうだろうって……」

「男たるもの、やましいことをしちゃいけないだろ？　ひとつでもそれをやったら、どんどん心が穢《けが》れていくからね」

天馬は胸を張って言った後、今こうして美里を抱いていることは不倫なのだから心が穢れることにならないのかと自問した。人の道に反したことをしているんじゃないか。社会の常識で考えれば、絶対に正しくないはずだぞ。どんな詭弁を弄《ろう》しても、言い繕えない……。

そこまで自分を追い込んでみても、人の道に外れているという意識は芽生えなかった。その証拠に、心はすこやかだった。妻にも自分に対しても罪悪感はない。

答はすぐに出た。

心は穢れていない。

離婚という辛い経験を乗り越えてきた彼女の心が自分を求めていた。それに応えないほうが罪ではないだろうか。男たるもの、何が正義か、自分で見極めるべきではないのか？　世間がつくった常識だけが正義のすべてではない。

「わたし、初めてです」

美里が驚いた表情で声をあげた。Ｆカップの豊かな乳房がすそ野から波打ちながら、赤みを濃くしていた。彼女の肌の火照りは拡がっていた。

「初めてって、何が？」

「四十歳近い男の人が、心のことを言うなんて……」

「誰しも考えているけど、口にしないだけじゃないかな」

「言うと言わないとでは、ずいぶんと意味が違う気がします」

「それは考えすぎだよ」

「だったら、聞いてください。これだけは言えると思います……」

「何？」

「言うつもりだったけど、いざとなったら、わたし、恥ずかしい……」

「ほら、言いなさい」

「心の穢れを意識してそれを行動の基準にしている男に抱かれるのは、女として幸せです」

美里は恥じらいながらも、きっぱりと言った。そして両手を広げて乳房をあらわにした。閉じていた太ももを開いて陰部のつけ根を晒《さら》した。

彼女はそうやって悦《よろこ》びを表したのだ。天馬は腹の奥をくすぐられている気分になった。にっこりと微笑んだ。悪い気はしなかった。それどころか、上々の気分だった。抱きたいという情動もいっそう強まった。

彼女の股間に顔を寄せた。時間をかけてゆっくりと近づきたかったけれど、そんな思惑など吹き飛ばされるくらいに高ぶっていた。

ストッキングを穿《は》いていた痕がウエストにくっきりと残っていた。それにも性欲が刺激された。

ピンクのパンティに舌を這わせた。

陰毛の茂みを覆っているあたりがこんもりと盛り上がっている。レースをふんだんにあしらったデザインだ。うっすらと透けていて、そこだけ濃いピンクに変色したように見える。エロティックだ。甘く生々しい匂いがパンティの生地を通して漂ってくることにも、男の欲望やら満足感といったものが刺激を受ける。

パンティを唾液で濡らす。くちびるを押しつけ、唾液で濡れた生地を吸う。彼女のぬくもりはもちろんのこと、下腹部の上下する動きや火照りまでもが、くちびるに伝わってくる。

パンティを下ろした。

彼女は拒まなかった。それどころか、腰を浮かして協力してくれた。積極的で大胆だった。もちろん、二十六歳らしい恥じらいの表情を忘れてはいなかった。うっすらと目を閉じていたし、尖った乳首もさりげなく隠していた。

美里の全裸の姿を見つめた。

ほんのりと赤く染まった肌が艶やかだ。美しい女体。パンティに押しつぶされた陰毛の茂みが、時間の経過とともにゆっくりと立ち上がってくる。愛撫しているわけではないのに、陰部から生々しい匂いが湧き上がってくる。

「美里、すごくきれいだ。気づかなかったよ」

「気づかなかっただなんて、失礼ですねえ、椎名さんって」

「美人だってことはわかっていたけど、ヌードがここまできれいだとは想像しなかったからね」

「面と向かって誉《ほ》められたことがないから、恥ずかしいな……」

「足を開いてごらん」

「あん、だめです」

「どうして？」

「だって、恥ずかしいから」

「恥ずかしがってばかりいたら、ぼくのことを感じられなくなっちゃうかもしれないよ」

「もう、意地悪なんだから。脅かさないでください」

「素直に足を開けばいいだけだよ」

天馬は両手で彼女の足首を掴んで広げた。ゆっくりと、無理強いするというふうではなく。彼女は足の力を抜いて従った。

むっちりとした太ももの間に入った。屈み込んで、顔を割れ目に寄せた。パンティを穿いていた時とは違って、生々しい匂いが濃くなっていた。その匂いの厚い膜に覆われていくようだった。

割れ目を見つめた。

縦長の陰毛の茂みは、幅が四センチ程度だろうか。ずいぶんと狭い。といっても、妻のものしか比較の対象がなかったけれど……。

感動して鳥肌が立った。これが三カ月前に退社するまで部下だった女性の割れ目なのだ。感慨めいた熱い想いが迫り上がる。業務命令をしている時も、夫のことで相談を受けている時も、割れ目はこんなたたずまいをしていたのか……。

顔を近づけていく。

ここが生々しい匂いの源だ。割れ目を覆っている厚い肉襞《ひだ》は閉じているけれど、わずかな隙間から粘っこいうるみが滲み出ている。それは部屋の明かりを浴びて鈍い輝きを放っている。

割れ目まで十センチもない。下腹部の肌と同じように、陰毛が生えている地肌も赤く染まっている。こんなに近いところから、女性の陰部を眺めるのはずいぶんと久しぶりだ。もちろん、理由はわかっている。明かりを消した部屋でしか、妻とセックスをしていないからだ。

厚い肉襞が震えながら少しずつめくれていく。細かい襞が奥のほうにつづいているのがわかる。ねっとりとしたうるみが流れ出している。

粘度の高いうるみは輝き方が違う。乱反射していた。そのせいだろうか、陰部全体が銀色に光ったように見えてきた。女体そのものが輝きはじめたようにも思えた。いい女ならではの光り方だ。

もったいないことをする男がいたものだ……。

天馬はあらためて思った。美里のような巨乳の女性などめったにいない。性格もいい。素直で明るい。もったいない。女性の心根のやさしさやみずみずしい肌や割れ目の襞を手放してしまうとは。

割れ目にくちびるをつけた。

びくっと美里の全身が大きく震えた。痙攣《けいれん》を起こしたように。閉じていた厚い肉襞がすっとめくれ、粘っこいうるみがどろりと溢れ出てきた。生々しい匂いが、鼻だけでなく、口の中にまで入って染み込んだ。「ううっ」という彼女の短い呻き声が部屋に響いた。でも、それ以上の乱れた喘《あえ》ぎ声はあがらなかった。

美里は我慢している。天馬にはそれが手に取るようにわかった。

割れ目をひと舐めするたびに、軀は鋭く反応していた。それなのに、声を出さないように、くちびるをきつく閉じていた。

「すごく感じやすいんだね、美里は……」

「だって、こんなに気持がいいことって久しぶりだから」

「声をあげてもいいんだよ。遠慮することもないし、恥ずかしがることもないじゃないかい？　美里にとっていちばん大切なところを晒しているんだから」

「ああっ、できない、もうこれ以上は……」

「なぜかな。躊躇《ちゅうちょ》するほうが変だと思うけど？」

「椎名さんには、わたしの弱みをすべて見せてきたでしょ？　だから、これ以上はいやなんです」

「男っていうのはね、すべてを受け止めたいものなんだよ。中途半端にはしたくないんだ。それが男っていうものだからね」

割れ目から顔を離すと、美里の目を見つめながら言った。

ほれぼれする言葉だった。咄嗟に思いついた割には、説得力も迫力もあった。

天馬は黙ってうなずくことで、彼女に同意を求めた。

「わたし、声をあげるのに、慣れていないんです」

「かつての旦那は、そういうことを好まなかったのかな」

「住んでいる部屋の壁が薄かったから、気にしていました。声をあげるたびに、口を塞がれて……。手や枕の時がほとんどだったけど、脱いだばかりの彼のパンツを無理矢理、口に突っ込まれたこともあったくらいです」

「ひどいな、それは」

「そうでしょ？　そんなことをつづけられるうちに、わたし、声をあげるのに臆病になってしまったんです」

「ぼくなら大丈夫だ。それに、ここはラブホテルなんだからいくら声をあげたっていい。隣の部屋に声が洩れたってかまわないしね」

「よかった……」

彼女は独り言のように呟《つぶや》くと、全身の力を抜いた。足を広げて、陰部をさらに剝《む》き出しにした。

厚い肉襞を左右に開く。両手の指の腹で。うるみのために滑りやすくなっている。細かい襞がうねる。それもめくると、屹立したクリトリスが現れた。天馬はそれを敏感な芽と言っていた。日本語のほうが淫靡な感じがしていた。それに、声に出す時に抵抗がなかったからだ。

「美里のいちばん感じる敏感な芽、すぐに見つかったよ。コリコリに硬くなってるじゃないか」

「本当に、意地悪。もう言わないでください。わたし、恥ずかしくっておかしくなっちゃいそうです」

「君のそういう姿も見てみたいな」

「だめ、ううっ、できない……」

彼女は呻き声を洩らした。敏感な芽にくちびるをつけると、彼女の喘ぎ声が間断なくつづいた。火照りが強まった。不思議なことに、粘っこいうるみが、少しずつさらさらになってきた。そのかすかな変化を舌は鋭く感じ取っていた。

「椎名さん、すごく気持ちいい」

「うれしいよ、素直にそう言ってもらって……。気持よくなっているとわかることで、ぼくも気持よくなるんだからね」

「ああっ、いい……」

「もっと声をあげて。遠慮しないで声を張り上げて……」

「いいわ、椎名さん、すごくいい。ああっ、わたし、女だったのね」

「女だよ、美里は。感じやすい女なんだよ」

「いいんですね、女を出しても。わたしの女を、受け止めてくれるんですね」

「うん、そうだ」

「椎名さんに電話してよかった」

「君を受け止めるからね」

天馬は強い口調で言った。

彼女がなぜ、自分を求めてきたのかわかった。離婚のゴタゴタがつづいている間、彼女は女であることを抑えてきた。忘れるように努めていたのかもしれない。少なくとも一年半はそうしていたはずだ。

捨てていた女を取り戻したかったのだ。といっても、男なら誰でもいいはずがない。彼女の事情について知っていて、信頼できる男でなくてはならなかった。

「女を取り戻したかったんだね」

割れ目にくちびるをつけながら囁いた。そうすることで、彼女の軀に伝えられそうな気がした。

彼女は仰向けになったままでうなずくと、陰部への愛撫をねだるように足をさらに大きく開いた。割れ目は剝き出しだ。彼女の表情から羞恥《しゅうち》の色合いが消えている。

目の前に晒された陰部は、粘り気の強いうるみにまみれている。くちびるをつけているだけなのに、うるみが流れ込み、口の底に溜まる。天馬はそれを呑み込む時、彼女の顔と陰部を交互に眺めてしまう。きれいな顔と割れ目が、今は自分のものになっていると思いながら……。

パンツの中の陰茎は、はち切れそうなくらいに膨らんでいる。何度もつけ根から勢いよく跳ねる。三十八歳とは思えない強い勃起だ。頼もしい。数週間前に妻とセックスした時の半勃《だ》ちしかしなかった陰茎と同じものとは思えない。先端の笠の端に透明な粘液が滴《しずく》となって溜まるのがわかる。

「椎名さんも脱いで……」

全裸の美里は上体を起こすと、ズボンを脱ぐようにうながしてきた。天馬はまだジャケットを脱いだだけだった。彼女を裸に剝くことに精一杯で、自分が脱ぐタイミングなど見つけられなかった。

「脱がしてくれる？」

「椎名さんって、ふふっ、本当は甘えん坊なのかしら」

「そうかもしれないな。美里に全部やって欲しいと思っているくらいだからね」

「全部って？」

「洋服を脱がしてくれるところからはじまって、最高に気持よくなるところまで、かな」

「エッチな人……。だけど素敵。椎名さんって、きっと、女のことがわかっているのね」

「どうして、そう思うんだい？」

「だって、男性を裸にしていくことって、すごく興奮するはずだから。女を取り戻すきっかけになるってわかっているんじゃないの？」

「とにかく、頭の中で考えてばかりいないで、実際に試してみたほうがいいと思うな」

「わたし、女の部分を抑えているうちに、頭でっかちになってたみたい」

美里は手を差し出すと、ズボンのベルトを外しにかかった。ファスナーを下ろしたところで、彼女の手の動きが遅くなった。

陰茎の輪郭を浮き上がらせるかのように、パンツの上から膨らみを触ってきた。やさしい手つきだ。笠の端に溜まったうるみがパンツに染みをつくっている。幹への愛撫を終えると、今度はその染みの部分を重点的に指の腹で撫でる。

パンツを穿いたままだし、ズボンも脱がしてもらっていない。まったくもって中途半端だ。でも、それによって性欲を煽られていると感じるし、焦《じ》らされているとも感じる。どちらにも興奮する。そんなことにも男は刺激を受けて高ぶることを、美里は理解して実践しているのかどうか。結婚していたのだから、そうした高度な技巧を凝らしていたとしても不思議ではない。そう考える反面、ウブな彼女がそんなテクニックをもっているはずがないとも思う。

相反する思いに、当然、男の心は乱れる。でも面白いことに、陰茎を触ってもらっているおかげで、そんな心の乱れを心地いいと感じる。そして快感が増すにつれて、その心の乱れは消えていくのだ。

男と女の軀の相性のよさが、心の相性までいい方向に運んでいるようだった。こんなことを考えさせられたのは、美里が初めてだ。この女はなんて素晴らしいんだ。天馬は性的な興奮に包まれながら、感動にも似た高ぶりを覚えた。

ズボンを脱がしてもらった。そしてその後すぐ、パンツ以外のすべてを、彼女に手早く脱がされた。

Fカップの巨乳が半身になって、寄り添ってくる。頬にくちびるを寄せながら、右手はパンツの上から陰茎をゆっくりとまさぐる。

乳房のやわらかみの奥から熱い火照りが伝わってくる。尖った乳首が細かく震えているのがわかる。くすぐったいような気持いいような感覚になる。しっとりとした肌は、やさしい。椎名天馬という男を受け入れてくれていると感じる。穏やかなぬくもりは、好意を持っているからこそだろう。

美里は長い髪を掻《か》き上げると、パンツに口を寄せた。

陰茎の輪郭に沿ってくちびるを這わせる。唾液をパンツに塗り込む。濡らすだけでなく、彼女は時折、その唾液を吸ったりもする。陰茎の存在を味わっているようだった。じっくりと触れることで、彼女は心の奥底に押し込んでいた女の業《ごう》だとか性《さが》といったものを引き出そうとしているようでもあった。

そんな彼女をいやらしいとは思わない。それどころか、けなげと感じたりする。暴力夫との結婚生活では得られなかった女であることの幸せを、彼女は今、取り戻そうとしている。そんなふうに彼女の心を思い遣《や》るからこそ、セックスに没頭しながらも、性的なことから離れたことまで想うのだ。

美里はくちびるを離すと、うわずった声を投げてきた。性欲の高ぶりによるものだ。粘っこくて、甘えている響きもあった。

「椎名さんのおちんちん、さっきよりも大きくなっています。まるで、際限なく膨らむみたい……」

「ははっ、安心していいよ。口に入りきらないってことはないから」

「わたし、口が大きいほうではないから、得意ではないんです」

「得意でないからって、下手っていうことにはならないよ。やってみないとわからないと思うけど？」

「どうしても、フェラチオをさせたいんですね」

「正直言って、好きかな」

「あけすけなんですね。聞いているわたしのほうが恥ずかしくなっちゃいます」

「大学生の頃からくわえてもらうのが好きだったな。その好きっていう気持が、齢を取るごとに強くなっているみたいなんだ」

「どうして？」

「わからないな」

「椎名さんにわからないことなんてあるんですか？　ご自分のことなのに……」

「わからないといっても、ひとつはわかっていることがあるな」

「教えてください」

「きっと、女の子にも通じることじゃないかな」

「何ですか?」

「十代から二十代の頃って、女の子の軀のことだとか、セックスでの反応といったことばっかりを考えていたかな。なにしろ、わからないことだらけだったからね。未知のものに対しての旺盛な好奇心を満足させるために、女の子とつきあっていたような気がするな」

「だから若い男性って、ガツガツしているんでしょうね」

「ははっ、そうだろうな。ぼくの場合、三十歳を過ぎる頃になって、自分の快感だとか快楽に対しても真剣に考えるようになったんだ。性癖といったものへの考察を深める、と言い換えてもいいかな」

「考察だなんて……。椎名さんってほんとに口が上手なんだなあ。セックスへの興味も高尚に思えちゃいます」

美里はくすくすっと笑い声を洩らした。屈託がないようでいて、エロティックな響きが感じられた。複雑な笑い声に陰茎は反応した。パンツのウエストのゴムの下から、膨脹した陰茎の先端が顔を出した。背中がゾクゾクッとした。陰茎の幹がめりめりと音をあげて膨らんでいくようだった。

美里はパンツの上にくちびるをあてがってきた。陰茎の幹の嶺に沿って、笠に向かった。太ももを撫でたかと思ったら、胸板に指を滑らせたりもした。二度三度繰り返した後、彼女は笠を舐めた。

臆病な動物のように、舐めても、舌をすぐに引っ込めた。恥ずかしさだとか不安によるものなのだろうか。焦らされている気分になりながらも、フェラチオを強要しない。必ずしてくれると思っているから。

パンツを脱がされた。

下腹部に沿って屹立している陰茎が垂直に立てられた。やはり、三十八歳の勃起とは思えない。笠全体が鮮やかなピンクに染まっている。血管や節が浮き上がった幹も、わずかにピンクがかっている。震えるようにつけ根から跳ねる。そのたびに、笠の外周がうねるように波打つ。

美里の細い喉が上下する。唾液を呑み込んでいる。そんな些細《ささい》な動きからも、彼女の性的な興奮が伝わってくる。同じ高ぶりを共有しているという意識。それによって、彼女への愛しさが増していく。好きという思いも強まる。男として彼女を受け止めなくてはいけないという責任感にも似た思いも強まる。

「ああっ、実際に握ってみると、すごく大きいんですね。お口に入らないかも」

「うれしいけど、ちょっとばかし大げさだな」

「そんなことありません。大げさに言っても、誰も喜ばないでしょ？」

「大きいことを指摘されて素直に悦ぶ男もいるだろうけど、ぼくはあまのじゃくだからね、大きさについて言われると、逆に、小さいことをバカにされていると思うんだよ」

「難しい人……。でも、そんな椎名さんがいいんです」

彼女は自分の気持を確かめるように呟くと、垂直に立てた陰茎に顔を寄せた。舌を差し出す。唾液に濡れた先端が鈍く光る。笠の部分だけに舌を這わせはじめる。うっすらと瞼《まぶた》を閉じている。ためらいは見られない。外周をやさしく丁寧に舐める。笠と幹を隔てる深い溝の底を、舌先ですくうようにして滑らせる。

美里の愛撫のすべてが、男の快感を引き出そうとしていた。そこには女の心があった。女の情や思いがあった。彼女のことを想っているからこそ、天馬にはわかるのだ。ひとりよがりの思い過ごしではない。

幹の周囲を丁寧に舐める。舌先で突っついたり、べたりと舌全体を張り付けてきたりする。唾液が流れ落ちて、縮こまっているふぐりを濡らす。太ももとふぐりとの間に舌を滑らせる。湿った息を吹きつけ、愛撫の代わりにもする。

幹を包む張りつめた皮を引っ張り下ろしたと思ったら、幹をきつく握り締めたりもした。それらは技巧的だった。でも、技巧だけに走っているわけではない。気持がこもっていた。だからこそ、彼女の愛撫には彩りがあった。

「おちんちん、すごく元気。ああっ、脈打っているのがわかるなんて……」

「すごく気持いいから、そんなふうになるんだ」

「うれしい。こんなわたしでも、男の人を悦ばせられるのね」

「美里は気づいていないのかもしれないけど、君はものすごく素敵で、女らしいんだ。眩《まぶ》しいくらいに輝いているんだからね。卑下なんてしなくていいよ」

「でも、わたし……。好きで結婚したはずの旦那さんひとりさえ満足させられなかったんです」

「それは違う」

天馬は強い口調で断言した。彼女を睨《にら》みつけた。そうすることで、間違った考えだということを教えるつもりだった。

「離婚したのは、美里の責任ではないんだから、自分を責めたりしたらダメだよ。暴力夫が結婚生活を破綻させたんだ」

「わかっています。でも、心のどこかで、もっといい女だったら、うまくいっていたかもしれないと思ったりもするんです」

「悪い男に悪い夢を無理矢理見せられたんだよ。事故だと思ったほうがいい。自分を卑下しないこと。今さらそんなことしたって意味がない。わかった？」

「ええ、まあ」

「過去を考えるよりも、目の前の男を気持よくさせる方法を考えたほうが有意義だと思うけどな」

「椎名さんって、ふふっ、自分が気持よくなることばっかり考えてる」

「まだ深くくわえてもらっていないからじゃないかな」

「いやん、椎名さん」

美里の朗らかな声を聞いて、天馬は安堵した。自分を卑下するという悪い話の流れになっていたから。話題をうまく変えられた。

「久しぶりに、男のものを味わったんだよね。感想は？」

「わたし、すごく好きだったんだって思い出しました」

「くわえるのが？」

「別れた夫の場合は、強制されてやっていたせいで、いやでいやで泣きたくなっていました。わたし、フェラチオなんて大嫌いって本気で思ってました」

「でも、今は違うんだね？」

「椎名さんにするのは好きです。いつまでも、口にふくんでいたいっていう気分です」

美里は笑顔をつくったままで、股間に寄ってきた。

くちびるが開き、陰茎の先端をくわえはじめる。うっすらと開いた瞼の奥で、瞳が欲望の光を放っている。笠をくわえ込むと、舌のつけ根が波打ちながら口の奥に誘う。

彼女の荒くなった鼻息が陰毛の茂みに吹きかかる。陰毛がわずかにそよぎ、唾液が乾く。地肌の火照りが飛ばされるけれど、それが小さな快感を掘り起こす。

四つん這いになった彼女の乳房が揺れる。太ももに尖った乳首が触れては離れる。ねっとりとした空気が部屋に満ちていく。それとともに、愛撫だけでは満足しない空気が強まっていく。つながりたい。ふたり同時に同じことを考えているからこその濃密な空気。その中にいることで、美里の女の部分があからさまになり、女を取り戻したいという彼女の願いが叶《かな》えられていく。

彼女は自ら頭を押し込み、陰茎を深々とくわえ込んだ。

眉間に皺をつくる。苦しそうだ。顔が赤くなっていく。唾液が口の端からこぼれ落ちていく。ごぼごぼっという咳に似た濁った音が喉元から響き上がる。苦しみを受け止めることで、男を受け入れているという実感を得ているのか。それが、女を取り戻すきっかけになるのか。美里は苦しみを拒んでいなかった。

「気持いい？」

陰茎を口にふくんだまま、口の端から声を洩らした。粘っこい声は妖《あや》しくていやらしい。陰茎が跳ねて、彼女の口の隙間を埋める。

「つながりたくなってきたな」

「うれしい……」

「だけど、このままくわえていて欲しいっていう気持もあるかな」

「欲張り。でも、わたし、欲張りな男の人って好き」

「どうして？」

「欲が人を強くするから。欲は生きるエネルギーの源だと思うから」

天馬は納得してうなずいた。美里と肌を重ねるうちに、性欲が自分にとっての生きるエネルギーだと思えるようになっていた。彼女も同じことを考えていたとは。

うれしくなって腰を突き出した。陰茎を彼女の口の最深部にぶつけた。そうすることで、感動をさらに深めていった。

欲は人を強くする。欲は生きる強いエネルギーだ……。

天馬はもう一度、美里の言葉を胸の裡で繰り返した。じわりと胸に響く。そうだ、そうなのだ。欲が深いことは悪いことではないんだ。強い性欲を秘めていることは男として大切なことなんだ。

美里の口の最深部に屹立している陰茎を突き込みながら、天馬は感動していた。なにしろ、欲が深いということはいいことだと生まれて初めて認めてもらったからだ。過去の記憶をたぐってみても、そんなことを言ってくれた女性はいない。自分でさえ、欲が深い中年は醜いと考えていたくらいなのだ。

「欲が深くてもいいんだね」

膨脹している陰茎をくわえてじっとしている美里の後頭部を撫でた。そして念を押すように囁いた。

彼女は黙ってうなずくと、陰茎をまた深々とくわえ込んだ。乳房が上下に大きく揺れた。尖った乳首が小刻みに左右に震えた。先端の笠を舐めはじめたところで微笑んでいるようにくちびるが横に開き、彼女のくぐもった声が洩れた。

「もちろんです。たくさんの欲を持ってください。男の人は欲がいっぱいあってこそ輝くんですから」

「そうかなあ。欲を捨てて、達観してこそ、男としても人としても輝くんじゃないのかい？」

「欲をなくした人って、穏やかで渋くなるだろうけど、女にとっての魅力的な男性にはならないと思います」

「もう一度訊《き》くけど、本当に、欲があったほうがいいんだね」

「当然です。欲が深い男性とおつきあいしているほうが、女が磨かれる気がします。だから、椎名さんも欲深の男でいてください」

全身に鳥肌が立った。素直に感動し、素直にその感動が軀に表れた。希望に満ちた感動だった。何度でも味わいたいと思った。その感動はつまり、安堵の気持が含まれたものだったからだ。

実はここ数年、つまり三十代後半になってからというもの、欲が深いことが人として低俗ではないかと思うようになっていた。

バカげた考えだと一笑に付すことはできなかった。たぶん、物心ついた頃から、無意識のうちに、少しずつ育《はぐく》まれてきた考えなのだろう。それでも二十代の頃は、欲を満足させることに夢中だったから、欲のことなど考えなかった。

三十代になって、少しずつ意識が変わりはじめた。欲を捨てられた人は人格者である、欲にまみれている限りは人生を達観できない、と思うようになった。だから、セックスや性欲、女性のことを夢中になって考える一方で、そんな自分を低俗だとも感じて卑下していた。

でも、低俗ではないと彼女がきっぱりと否定してくれた。本気で。だから本当に安堵した。欲は生きるエネルギーの源だ、欲を持っていることは素晴らしい。彼女が欲を肯定してくれたことで、ここ数年感じていた漠然とした不安から解放された気がした。セックスも女性も好きなままでいいんだ。今ならそれを胸を張って言える。妻子がいてもだ。

「美里が欲しいよ。早くひとつになりたいよ」

「ああっ、うれしい。女の幸せってこういうことなのね」

「どういうこと？」

「求められる幸せ……。わたしも椎名さんが欲しい」

「さあ、おいで」

陰部に顔を寄せている美里の肩に触れると、仰向けになるようにうながした。

彼女は名残惜しそうに、陰茎からくちびるを離した。

唾液が糸を引くようにつながっていたけれど、五センチほど離れたところでぷつりと切れた。唾液の糸は小さな滴となって陰毛の茂みに落ちていった。それは部屋の明かりをいくつも取り込んでいた。一瞬ではあったけれど、天馬はそれをはっきりと見た。胸に響く美しさがあった。たぶんそれは、ふたりが今、裸で求めあっているという高揚感だとか性的な高ぶりといったものが、明かりや唾液の滴にも伝わっていたからだ。

乳房を覆うようにして、上体を重ねる。胸板で巨乳を押し潰《つぶ》す。息遣いの荒さを、潰した乳房の弾力から感じ取る。下腹が上下するたびに陰毛の茂みも動いて陰茎を掠《かす》める。

三十八歳の陰茎は膨脹し、隆々としている。元気だ。ここ数年の妻とのセックスではなかった屹立だ。自分でもほれぼれする。これなら美里に、男としての逞しさを誇れることができるだろう。大きさではない。硬さや膨脹ぶりだ。

腰を操って斜め六十度の角度で勃起している陰茎を動かす。急峻な角度だけれど自在だ。腰の動きは鈍ってはいない。すごいじゃないか。男としての自信が、ふつふつと湧き上がってくる。二十代の頃のようだ。美里の若くてみずみずしい肉体が、それをもたらしてくれている。

先端の笠を割れ目にあてがう。

厚い肉襞はすっかりめくれ返っている。粘り気の強いうるみに濡れる。笠に肉襞が絡みついて、奥に引き込むようにうねる。美里の興奮や淫らな想いが、肉襞の動きに表れている気がしてならない。

「ねえ、椎名さん……。ひとつ訊いてもいい？　つながる前に訊いておきたいことがあるんです」

「言ってごらん」

「椎名さんは、デパートに勤めて十六年ですよね。これまでに、女子社員とかわたしのようなパートなんかと、深い仲になったことがありますか？」

「ないよ、美里が初めてだ」

「ほんと？」

「結婚してから浮気もしたことがないくらいだからね。妻を悲しませるようなことをしちゃいけないと肝に銘じていたんだ」

「言い寄られたことは、数えきれないくらいにあるでしょう？」

「結婚前まではね。その後は、さっぱり。見向きもされなかったな」

「奥様ひとすじっていう気持が、軀全体から放たれていましたからね」

「浮気してもよかったけど、その後の面倒なことを考えたら、できなくなったというのが本音かな」

「だけど今は、わたしとこうして触れ合っています」

「美里が離婚したからだし、女を取り戻したいと願ったからだよ。君の相談相手だった男としては、求められたら叶えてあげたいと考えるのが自然じゃないかい？」

「やさしいんですね、ほんとに」

「男としてのスジを通そうとしているだけだよ。スジは正しくないといけないだろう？」

「椎名さんって、古いタイプの男の人みたい。若い子だったら、そんなこと考えないから」

「三十八歳だからね、若い男の仲間ではなくて、古いタイプのほうに入れてもらってかまわないよ」

「わたしの思い描いたとおりの人だったみたい……。ああ、うれしい。さあ、きて。椎名さん、わたしを思いきり貫いて」

「質問は、もう、いいのかい？」

天馬は言うと、腰をわずかに前方に突き出した。

割れ目にあてがっている先端の笠が少し埋まった。絡みついている肉襞の吸引力が増した。奥のほうからうるみが溢れ出てきた。

彼女は広げた両手を伸ばすと、力いっぱい抱きしめてきた。それとともにきつめの表情が緩み、ねっとりとした眼差しの色が深くなった。

「椎名さんが許してくれるなら、もう少し訊いてもいい？　わたし、甘え過ぎちゃってるかな」

「いいけど、話をしているだけのゆとりがなくなるかもな」

「だったら、今すぐ訊きます。椎名さん、わたしたちのことなんですけど、この先、どうなっていくと思いますか？」

「どうなっていくって、どういうことだい」

天馬は訊き返しながら、面倒だなとチラッと思った。腰を引いて、先端の笠を抜いた。セックスをしてもあっさりしている女性もいれば、セックスしていないのにねちっこく迫る女性もいる。美里は後者なのかもしれない。

挿入した瞬間から、不倫の関係ということになるだろう。そうなると、いろいろと責められるはずだ。それくらいの想像はついた。どうして奥さんと別れないの？　わたしと奥さんのどっちが大切なの？　どっちかひとりを選んで。遊びのつもりだったのね？　そんなふうに、非難と疑問のふたつの意味を持つ言葉を投げつけられるのだ。

面倒だ、やっぱり。せっかく純粋な気持で求めているのに、嫌いになってしまうかもしれない。しかしいくらそう思っても、今さらセックスしないわけにはいかない。女を取り戻したいという彼女の願いを叶えるためにも。それが、美里を見守ってきた男の選ぶべき道である。

「きっと、素敵な関係をつづけられると思うよ」

「ほんとに、そう思う？」

「美里がぼくを本気で必要とするなら、ぼくも君を必要とすると思うな」

「椎名さんのことを、都合のいい遊び相手みたいに考えたりしません。ずっとずっと、わたしにとっての最大の味方でいてください」

「もちろん、そのつもりだよ。男たるもの、相談してきた人を見守ってあげるものだと思うからね」

「ああっ、やっぱり椎名さんと会えてよかった」

天馬はにっこりと微笑むと、彼女を納得させるようにうなずいた。美里のことを誰よりも想っているという自負心がくすぐられた。それによって、性欲までもが煽られた。

萎えそうになっていた陰茎に勢いが蘇った。幹の芯にも強い力が戻る。笠の外周が大きくうねり、端の細い切れ込みに透明な滴が溜まっていく。ふたりの高ぶりがひとつになって、性欲が勢いを増していく。互いを求める気持の純粋さと性欲が絡み合うのがわかって興奮が強まっていく。

腰をまた少し突いた。

笠がすっと割れ目に埋まった。その瞬間、美里が小さく呻き声を洩らした。瞼をうっすらと閉じた後、背中に回している腕に力を込めた。

「あん、いい……」

「久しぶりだから、軀が驚いているんじゃないかい？」

「そうみたいだけど安心しています。椎名さんがやさしくしてくれているから」

「すごくきついよ」

「いやですか？」

「それがいいんだ。美里もそれくらいのことはわかっているだろ？」

「知らない、そんなこと。教えてくれる男の人もいなかったから」

「これからは、ぼくが教えないといけないな」

彼女はうなずくと、割れ目を締めつけてきた。すごく気持がいい。二十六歳の割れ目。エネルギッシュでイキイキとしている。幹が圧迫される。生身の快感が増幅していく。

妻のそれと比べるつもりはないけれど、やわらかみと弾力と張りとみずみずしさに満ちている。うねり方も明らかに違う。割れ目の内側の細かい肉襞の動き方がダイナミックに感じる。笠全体を包み込むようにせわしなく動いたり、幹に浮かぶ血管や筋に張り付くようになびいたりしている。

腰を勢いよく突いた。

割れ目の最深部に当たった。粘っこいうるみが溢れ出てきて、縮こまっているふぐりが濡れた。

奥深くまで突く。それにつられてふぐりが大きく前後して、彼女のお尻に当たる。そのたびに、くちゃくちゃっという音があがる。

瞼を閉じた顔が可愛らしい。しかもエロティック。一緒に働いていた時には見たことのない表情だ。顔の角度が変わるたびに、ラメの入ったアイシャドウが輝く。下品に見えたり、高貴な光を放つように映ったりもする。男の目が幻惑される。彼女はそれを意識しているわけではない。それがわかるからこそ、男の性的な興奮が煽られる。

「ぼくたちはどうやらぴったりみたいだ。すごく気持がいいよ」

「軀の相性もよかったんだわ。ああっ、うれしい……。わたし、椎名さんに認めてもらった気分です」

「変なことを言うんだな。美里のことは最初から認めているつもりだよ。そうでなかったら、会わなかったはずだからね」

「うれしい……。そう言ってもらいたくて、わざと、認めてもらったなんて言ったの」

「術中にはまったということか。でもまあ、本心だからいいか」

天馬は腹筋に力を入れると、陰茎を意識的に動かした。話をしているのに、興奮が強まっていた。

不思議な気分だ。これまでは、会話はセックスに邪魔だった。肉の快楽を邪魔するものだったし、性的な興奮を鎮めてしまうものだった。それなのに今は、会話によって興奮が強まっている。しかも、その内容が性的なものではないのにだ。これも相性なのか。それとも、会話によっても興奮する齢になったということとなのか。

「もっと突いて……。ねっ、いいでしょ？　たくさん、気持よくさせて」

「わかっているよ。美里は、女を取り戻したかったんだものな」

「もうすっかり女です」

「よかったよ。男としては、ひとつのことを成し遂げた気分だ。美里はどんな気分だい？」

「女を取り戻したら、もっともっとっていう欲が強くなったみたい」

「いいじゃないか。欲が深いのは生きるエネルギーだからね。取り戻した女の部分に、磨きがかけられるんじゃないかな」

天馬は囁きながら、腰を何度も勢いよく突いた。

絶頂までもうすぐだ。

あとひとつ別の快感に襲われたら昇ってしまうだろう。恥ずかしいけれど、我慢できるほどの精神力も技巧もないから仕方がない。

割れ目の最深部の肉の壁に、笠が当たった。押し返してきた。笠はとろりとしたうるみに包まれた。触れ合っている肌が汗ばみ、ふたりの息が荒くなった。

快感が全身を巡る。彼女の表情も満足げだ。それがうれしい。心と軀に愉悦が満ちる。こんなことは、妻とのセックスでは味わったことがない。初めての経験。素晴らしいセックスだ。

「いきそうだ、美里」

「いって、椎名さん。わたしも一緒にいきます」

「よしっ」

天馬は気合いを入れた声をあげた。腰を突き、彼女を抱きしめた。陰茎のつけ根に火花が散った。絶頂の快感が幹の芯を駆け上がった。

美里も痙攣をはじめた。ふたりは同時に絶頂を迎えた。天馬は男女の交わりの醍醐味を初めて味わっている気がした。


美里と肌を重ねてから、十日が過ぎた。

今日は水曜日。夜十一時を過ぎている。

天馬は席を立つ気にならないまま、何杯目かの焼酎のお湯割を頼んだ。時折寄る居酒屋。もちろん、ひとりではない。つきあわせているのは同期入社の滝川《たきがわ》俊《しゅん》一《いち》だ。

「で、おれに相談なのか？」

滝川は酔って充血した目で言った後、テーブルに肘をついて前のめりになった。酔ってはいるけれど、泥酔しているのではない。話しやすいくだけた雰囲気にするための、彼なりの気遣いだ。

「久しぶりに、おれもいい想いをさせてもらったんだよ」

「おいおい、大丈夫か？　結婚してまじめになったのに……。まさかうちのデパートの女子に手をつけたんじゃないだろうな」

「そんなことするはずない。クビになりたくないからな。それにもしも、ちょっかいを出していたら、人事部のおまえをわざわざ居酒屋に誘ってまで言うわけないだろ？」

「そりゃ、そうだ」

「おまえがまじめなことを言うなんて、変な感じだよ。おれよりもずっと遊んでいて、今でも適当につまみ食いをしているくせにな」

滝川が遊んでいることは、彼から聞かされていた。もちろん、同じデパートの女子以外だ。でも、本当かどうかはわからない。すべてが自己申告だからだ。

彼は女子社員に人気があった。パートさんからも熱い眼差しで見られていた。

特に独身の時。うらやましくなるくらいにモテた。デパートでは花形の広告宣伝部にいたことも人気につながっていた。三年前に人事部に異動になり、出世街道に乗った。そんな男だけれど気難しい性格ではない。育ちのいい東京出身の男。他人を蹴落とそうという雰囲気などまったくなかった。だから天馬は入社当時から彼と一緒に遊んできたし、彼も気安く誘ってきた。それにふたりとも女好きだった。

出世については、滝川に先んじられていた。彼の家柄や学閥となっている私大を卒業していることを考え合わせてみて、出世に関してはかなわないと諦《あきら》めた。でも、天馬は女については諦めていなかった。

滝川ばかりがいい想いをするのは狡《ずる》いと思っていた。自慢話を聞くたびに、もう聞くものかと誓ったくらいだ。たとえば、初対面の女性とホテルに行ったとか、人妻を口説き落としたとか、大学生と温泉旅行に出かけたとか……。

ようやく自分に自慢する順番が巡ってきた。冷静に考えると、結婚してから初めてのような気がする。つまり長い間、彼の聞き役にずっと甘んじてきたということだ。

「おれにもすごい出来事が起きたんだよ。新宿駅の西口と東口をつなぐコンコースでな」

「そんなところで……。おい、まさか、女と知り合ったのか？」

「まあ、とにかく聞けよ。偶然だけど、女性に声をかけられたんだ。二十代半ば。人妻風だった。後でわかったことだけど、実際は元人妻だったんだ」

「新宿で声をかけられて、ノコノコついていくなんて驚いたな。おまえに限って、そういう冒険はしないと思っていたのにな」

「おいおい、おれのこと、どんな男だと思ってたんだよ。女房に縛られて頭があがらない意気地なしの男ってことかあ？」

「無茶しなくて、無難にやり過ごすタイプって見えていたけどな」

「ひどい人事評価だなあ。まあ、いいけど。どうせ出世は望んでいないからな。おれは催事ひと筋でいいんだ、楽しいから」

「催事の仕事が専門職だってことはわかってるよ。で、その元人妻とは、当然、いたしたんだろうな」

「滝川って育ちがいいくせに、下品なことを聞くんだよな。おれはそういうことを話したかったんじゃないんだ」

「自慢したかったのか？」

「その気持は少しあったけど、そのことよりも、今の心境だよ、話したかったのは……。おまえが浮気した時と同じなのか、違っているのかってことも聞きたかったしな」

天馬はそこで深々とため息を洩らした。酒を飲むのはもうやめて、冷たい水を飲んだ。焼酎を何杯も飲んでいたのは酔うためではなかった。くだけた話をスムーズに進めるために必要だと思ったからだ。同期入社とはいえ部署が違う。毎日顔を合わせているわけでもない。だから、互いの気持がほぐれて、くだけた雰囲気になるのに時間がかかるのだ。

「で、今の心境は？」

「元人妻に無理してでも会いたいとは思わないんだよ。若くてきれいだったし、性格もいい子だったけど」

「ほかに何か欠点があったということか？」

「そうじゃない。不思議なことに、浮気ばっかりしていられないぞっていう気になったんだ」

天馬は正直に今の気持を晒け出した。浮気したのだから、その分、裏切った妻を大事にしないといけないという心境だった。

まさか、そんな気持になるとは考えもしなかった。浮気相手に夢中になって喜んだり、会いたい気持を抑えるのに苦労するといったことくらいしか想像していなかったから。そんな想像の中に妻が入り込む余地はない。だからこそ、天馬は自分でもすごく驚いていた。こんなに律義な男だったのか？　浮気がこんなにも罪悪感につながるものなのか？　何度も自問した。そして、すべてが「ノー」であり、「違う」という答を得た。

美里とは真剣に向かい合った末に軀を重ねた。やったことを言葉にすると浮気や不倫ということになるけれど、彼女との交際は真剣だった。純粋でもあった。だからこそ、軀とともに心もつながった。快楽に浸りたいだけの目的でセックスしたのではなかった。

「浮気してみて、奥さんのよさにも目が向くようになったわけか」

「まあ、そんなところだ。でも、滝川の言い方は正確ではないな」

「後学のために、正確に言ったらどうなるのか聞きたいな」

「女房のよさはわかっている。十年も生活しているんだからな。でも、その十年がくせ者なんだよ」

「くせ者？」

「いいところを誉めたり、称えたりすることって、エネルギーが必要だろ？　長いこと一緒に生活していると、無駄にエネルギーを遣いたくなくなる。つまり、億劫になっちゃうんだ。気づいていながらも、見なかったフリをするわけだ。それが正確なところかな」

「一回の浮気で、ずいぶんといろいろなことを考えたんだな」

「きっと、真剣な不倫をしたからだと思うな。単なる遊びだったら、ここまでは考えない」

「新宿の地下道で声をかけられてホテルに行ったのに、それを遊びではなかったというのかよ。もしかしたら、それってつくり話なんじゃないのか？　その人が以前から知っている女性だったら、少しは納得できるんだけどな」

「おまえを納得させたくて、おれの行状を明かしているわけじゃないから、何と言われてもおれは気にしないよ。とにかく、女房のことが愛《いと》おしくなったんだ」

天馬は内心、滝川の鋭い勘に驚いていた。動揺を見抜かれないようにするために、表情が変わらないように努めた。

「おれはその逆だな」

「というと？」

「女房の欠点がクローズアップされて見えちゃったかな。だから、休日に女房と一緒にいるとイライラして仕方なかった。仕事が何もないのに、日曜日にオフィスに行ったりしたくらいだ」

「そりゃ、ひどい」

「デパート勤めでよかったよ。日曜日に出勤するって言っても、怪しまれることはないからな」

「そうやって不倫していたわけか。想像以上にひどい男だ」

天馬は驚きの声をあげた。でも満席に近い居酒屋は騒々しいために、ある程度の大きさの声では誰も気にしない。

不倫の先にあるのは、ふたつの道ということだ。

ひとつは滝川のように、妻の存在が色あせてしまうのを感じてしまう道。もう一方は、妻の存在を愛おしく感じられるようになる道だ。だから不倫のすべてが悪いとはとても思えなかった。ふたつの道のどちらを歩むことになるにしてもだ。でもできることなら、素敵な関係をつくりたい。そう思った途端、尻のあたりがむずむずしてきた。

妻の顔がすっと脳裡に浮んだ。

会いたい。恋人同士だった頃のような笑顔を見たい。今ならきっと、妻は喜んで迎えてくれる気がする。

根拠などないけれど、その気持は時間とともに募った。とにかく早く帰りたい。愛おしい妻の友理子《ゆりこ》の顔を見て、微笑ましさとか慈しみといった気持に浸りたい。衝動というよりも、これは妻に対する情熱だ。そのうえ、久しぶりに抱きたいという大胆なことさえ浮んでいたから。

美里と出会ってからずいぶん経つというのに、妻とのことを考えたのも、そんな衝動が湧き上がったのも今が初めてだ。滝川がもたらしてくれたのかもしれない。歩むべきではない道があることを、彼が教えてくれたからだろうか。

妻の顔がまた浮んだ。

誘える。夜の営みの時間もつくれる気がする。そのために必要な努力もするだろう。子どもが寝つくまでの時間を、恥ずかしがらずに待ちつづけることもできるはずだ。今はそれだけの勢いと情熱がある。

「悪いけど、おれ、帰るわ。この店はおれがもつから、勘弁してくれ」

天馬は席を立った。いきなりだったから、滝川は面喰らっていた。でもすぐに、女関係のことで帰りたがっていると察したらしい。にやにやしながら、おい、そんなに焦ってどこにいくつもりだよ、女の子を待たせてるのか？　先に眠られたらかなわないからなあ、などと独り言のように囁いた。

「正直に言うけど、自分の家に帰るだけだよ。女房の顔を拝みたくなっちゃったんだ」

「おい、それってのろけかよ。まいったなあ」

「不倫の効用っていうところかな」

「おれの場合、不倫すると家庭の情況がマイナス方向にばっかり行くみたいだ。でも、それでもいいと思っている」

「負け惜《お》しみか？」

「妻とうまくやって、しかも不倫もつづけるなんていう器用なことは、おれにはできないからな」

「おれは、女房とも楽しくするし、不倫も充実させる。人生、楽しいほうがいいからな。だからおれは、今夜は妻の元に帰るんだ」

「そうか、そうすればいい。今夜はこれでお開きにしよう。おまえの希望だから、この店の勘定はもちろんだけど、タクシー代も頼んだぞ。帰り道が同じで、おれのほうが早く降りるんだからな」

天馬は渋々ながら承諾した。最悪なのは、滝川に延々と飲み屋を引っ張り回されて朝帰りになることだ。

それにしても、と思う。

妻について同僚と話すというのは不思議と高ぶるものだと思った。その高ぶりは、性的な興奮につながっていた。陰茎は硬く膨脹して、先端の笠がパンツのウエストのゴムの下から這い出てきたほどだった。

店を出る。午前零時十五分を過ぎている。タクシーで帰るかJRを利用するかの微妙な時間帯。滝川に言われてなければ、たぶん、電車で帰っていただろう。

十五分強で滝川が先にタクシーを降りた。彼の自宅は一戸建てだ。親の援助があったらしい。そんなことからも、裕福な実家だということが想像できた。

「それじゃ、また飲もうな。次はおれが自慢話をするから、覚悟しておけよ」

「ということは、次は滝川のおごりだな。忘れるな」

軽口を言い合って別れた。彼の自宅から十分ほど走って、自宅に到着した。

2LDKの賃貸マンションだ。

自分の家を買いたいけれど、今はまだ無理だ。頭金が十分ではない。もちろんコツコツと貯めてはいるけれど。滝川のように両親の援助は期待できないから、おいそれと簡単に夢は実現できない。

玄関に静かに入った。

タクシーを降りても、マンションのエントランスに入っても、エレベーターに乗っている間も、そして部屋のドアをそっと開けた後も、うれしいことに高揚感はつづいていた。

腕時計を見遣った。

午前零時四十分。ずいぶんと遅い帰宅になってしまった。玄関の明かりは点いていたけれど、リビングルームは暗かった。妻はもう眠ったようだ。

帰宅するまで起きて待っていてくれるかもしれないという淡い期待はあっさりと裏切られた。それでもまだ、高揚感はつづいていた。先に寝ているなんてことは、いつものことだったから。妻が起きて待っているほうがおかしい。

リビングルームに入る。スリッパをパタパタと鳴らさないようにして気をつけて歩く。五十平方メートルちょっとの広さの部屋。リビングルームといってもゆとりの空間などない。ソファのすぐ近くにドアがふたつあって、左側が子ども部屋、右側が夫婦の寝室になっている。

天馬はとにかく真っ先に、夫婦の寝室に入った。もちろん、こっそりとだ。妻を起こしてしまったら、どれだけ怒られるか。

六畳間にシングルベッドが二台。暗がりを歩いても、どこに何があるかわかっているからぶつかることはない。明かりを点ける必要もない。

妻は仰向けになって眠っていた。化粧気のない顔であっても皺やしみが見えなかった。薄闇のおかげかもしれないけれど、妻の顔を美しいと思った。照れるけれど本当だ。高揚感のおかげかもしれない。理由はどうあれ、美しいと感じることが大切だと思う。

触れたくなる。でも、できない。間違いなく、妻は目を覚ましてしまう。そんな恐ろしいことはできない。怒り狂うのは容易に想像できるから。隣家との仕切りになっている壁は薄い。妻が怒鳴ったら、たぶん、聞こえてしまうはずだ。

静かな寝室に、妻の寝息と、自分の密やかな息遣いが響く。こうしているだけでもいいか。天馬は高揚感に折り合いをつけようと試みる。

その時だ。

「あなた……」

妻が短く声をあげた。やさしげな声だった。起こしてしまったらしい。でも、口元にはうっすらと微笑を湛えていた。

「あなた……」

妻は微笑をうっすらと湛えながらやさしい声をあげた。

眠っているところを起こしてしまったのに、こんなにも穏やかに応えてくれるものかと天馬は驚いた。声を荒らげて怒鳴られたり、不快感をあらわにされたりすることを覚悟していたからだ。

「ごめん、起こしたかな」

「今、何時？」

「十二時四十分過ぎといったところかな……。滝川と飲んでたんだ」

「滝川さんって、会社の？」

「うん、そうだ。相談事でもありそうな雰囲気だったけど、ただ飲みたかっただけみたいだ」

「わたし、起きたほうがいい？」

「寝ちゃってかまわないよ。寝顔を見たかっただけだから」

「珍しいわね、そんなこと言うなんて……。酔ってるの？」

「そうかもなあ」

天馬は深々とため息を洩らすと、妻が横になっているシングルベッドの端に腰をおろした。やさしさと淫らな気分が交じり合う。

久しぶりに妻に近づいている。そう思ったら、照れてしまって落ち着かなくなった。頬から首筋のあたりが火照ってきている。たぶん、顔が赤くなっているだろう。明かりを点けなくてよかった。

「用はないの？」

「あるといえばあるし、ないといえばないかな」

天馬は曖昧な返事の後、静まり返った寝室に響くため息を洩らした。

いつ頃からだろうか、妻を求める時に照れたりためらうようになったのは……。

子どもができたのがきっかけだった？　自らに向かって確認するような問いかけをする。

妻は産後しばらく体調を崩していた。だから、男としての欲求が溜まっても、妻を求めなかった。それは、男としてのやさしさのつもりだった。そのうちに、キスをしなくなった。そしてついに、いっさい触れなくなった。

妻の体調はその後、半年ほどで回復した。けれども、夫婦の営みが元どおりになることはなかった。

妻が愛おしい。酔っている勢いでそんなふうに思うのではない。滝川との会話がきっかけになっているわけでもない。不可解だけれど、美里との不倫が妻への想いを深くしてくれたのだ。

男たるもの、妻を泣かしてまで浮気してはいけない。妻を満足させてこそ、自由にできると思う。そんなことを考えるうちに、妻への愛情を思い出したのだ。

妻の満足とは、心と軀のふたつだけではない。金銭面も含めないと。その三つの要素を充足させられないのに、好き勝手なことをやっていいはずがない。それができずに不倫している男はクズだ。恥を知れ。そんな男は、欲に目がくらんだ、単なるけだものにすぎない。

好き勝手をやってこそ男だと思うのも間違っている。それを良しとするのは、男尊女卑の考え方だ。今はそんな時代ではない。好きなことをやるためには、男として負っている義務をきちんと果たさないといけない。何をするにもそれが前提だ。

天馬も当然、それくらいのことは考えていた。で、ご無沙汰になっている妻との夫婦の営みをすべきだという答を導き出したのだ。

友理子が望まないのならば、無理に迫る必要はないけれど、望んでいるなら、当然、触れ合うべきだ。しかも、求めるのは夫からだ。

男に求められることで、女は自分の存在がいかに大切なものであるかを確認する。女である限り。それは独身の時だけではない。必要とされる女であるという実感。それが深い喜びをもたらしてくれるのだ。

「たまには同じベッドで寝てみたいんだけど、友理子、いいかな」

「悪くはないけど、あなた、帰ってきたばかりでしょ？　それに、着替えもしていないんだもの。外出着でベッドに入って欲しくないわ」

「待っていてくれるか？　着替えてさっとシャワーを浴びてくるから」

「頑張ってみるけど、寝ちゃっていたらごめんなさいね」

「久しぶりに、すっごく気分が盛り上がっているんだけどなあ」

「やめてくれないかしら、そういう露骨な言い方をするのは……。あなたは酔っているからいいでしょうけど、わたしはしらふなんですから」

「五分で戻ってくるから、友理子、なっ、いいだろ？」

妻を説き伏せてまで求めるべきではないと思いながらも、天馬は穏やかな口調で言った。

内心では忸怩《じくじ》たる思いが胸を占めていた。男としても夫としても、あまりにもカッコ悪かった。自分のカッコ悪さが不愉快だった。けれどもそれ以上に、夫にカッコ悪いことをさせてしまえる妻への不愉快さのほうが強かった。

昔は何度も情熱的に求め合った。独身の頃と結婚して一年半くらいまでは、むさぼるように肌を重ねた。それが結婚二年目に妊娠してからは数えるほどしかしなくなった。

天馬は寝室を出ると、急いで風呂場に向かった。三分でシャワーを浴びて、パジャマに着替えた。妻に言ったとおり、五分で戻った。

妻は眠っていなかった。瞳を覆う潤みが厚くなっていた。高ぶっているようだった。期待して待っていたらしい。

妻のベッドに潜り込んだ。これまで気にならなかったシングルベッドの狭さが今夜は気になる。ずいぶんと狭くて落ちそうだ。互いに横向きになっていないと、掛け布団ですべて覆いきれずに冷気が入り込む。

妻と向かい合う。薄闇の中で視線を絡める。やはり、照れてしまう。女体を抱くという高ぶりは生まれていない。それでも愛しさは薄らいではいないし、高揚感も保っている。

「起きていてくれてよかったよ。これ以上は早くシャワーを浴びて出てこられないな。子ども、起きないよな」

「夜中に起きることなんて滅多にないから大丈夫」

「夫婦の営みをしようとしている時に、子どものことを話題にするのは問題があるな」

「あなたよ。わたしが言い出したんじゃないでしょ？」

「うん、そうだった……」

天馬は穏やかな口調で言った。

ふたりの体温が交じり合いながら熱気を強めていく。性欲の対象となる女として見られるようになる。カッコ悪いことをさせているという想いは消えていたし、不愉快な気分もすっかりなくなっていた。

くちびるを寄せる。

ためらいの色が妻の瞳に現れる。それを押しのけるように、くちびるを重ねる。妻の小さな呻き声。前後に大きく揺れる乳房。何度もキスしてきたはずなのに、新鮮な感覚に包まれる。それは強いて言えば、懐かしさと驚きだ。こんなにもやわらかいくちびるだったのか、こんなにも艶《なま》めかしく動くくちびるだったのか、といった驚きに包まれる。

互いに横を向き合った恰好を変えて、妻を仰向けにする。

乳房に触る。パジャマの上からやさしく。三十五歳の熟れた乳房。お世辞にも巨乳とはいえないけれど、それでもDカップくらいはありそうだ。子どもを産んでいるものの、弾力はいまだに失っていない。自分の知っている友理子の乳房だと思う。久しぶりの感触に、懐かしさと驚きが胸いっぱいに満ちる。

ボタンを外す。美里の洋服を脱がした時のようなスリルや感動は、今はさすがにない。だからといって不満かというと、そうでもない。ボタンを外してもいやがられないという安心感は、男の心を癒してくれるものだ。機嫌を取らなくても自分の思いどおりになる。妻とはそういう存在なのだとあらためて思う。なのにそのとおりにならないから、夫婦の夜の営みが少なくなってしまうのだろう。夫は誘わなくなるし、誘っても断られてしまうから。

くちびるの周りを舐める。顎から首筋を這っていく。唾液を塗り込まないように気をつけながらだ。唾液に濡れること。それは独身時代はいやがらなかったのに今はいやがる代表的な妻の好みの変化だ。

五年ほど前、妻があまりにいやがる表情をしたので、天馬は思い切って問いただしたことがある。その時の妻の答に納得した。せっかく化粧水や乳液でスキンケアしているんだもの、それを舐め取られたくないのよ……。訊かれて困った表情になることも、沈黙になることもなく、すっと言われたために、天馬は素直に妻の言葉を信じた。

パジャマのボタンを外した。

乳房が剝き出しだ。ゆっくりと揉む。二十代の頃と比べると、張りは確かに弱くなっている。でも、十分に魅力的だ。指の腹に伝わってくる肌のやわらかみは、男の性欲を刺激してくる。

「友理子、すごく気持いいよ」

「うれしいけど、ほんとにそう思っているの？　気分を盛り上げようとしてくれているだけじゃない？」

「おれはバカだったな」

「何、それ？」

「こんなにも魅力的な女体が身近にあったのに、気づかなかったんだからだよ。バカだろ？　それなのに、時々、悶々としていたんだ」

「今夜のあなたって変。そんなことを言うなんて……。無理して言ってない？　絶対に性格的に違う気がするけど」

「これもぼくさ。たぶん、表さないようにしていたんだと思う」

「変よ、変。もしかしたら、わたしに言えない悪いことでもしたんじゃない？罪滅ぼしのために、甘いせりふを囁いているんじゃないのかなあ」

「違うって。信用がないんだな。どうして、言葉どおりに受け取らないんだ？」

「だって、あまりに歯の浮くせりふばっかりなんだもの」

「たまにはいいだろう。新婚当時みたいで」

「お言葉ですけど、新婚の頃も、やさしい言葉を囁いてくれませんでした」

「そうだった？」

「とぼけちゃって……」

妻は穏やかな笑い声をあげた。もちろん、隣の部屋で寝ている子どもを起こさないように気を遣って小声で。何カ月ぶりかの、夫婦の仲睦まじい会話。ここまでいっきに親密な感じに戻れるとは考えていなかったから驚きだ。

乳輪をくちびる全体ですっぽりと覆う。ゆっくりと乳首を圧迫する。最初はくちびるで圧迫しながら。それを繰り返した後は、軽く歯を当てる。妻は痛みには弱いから、愛撫が痛みとしてとらえられないように気をつける。くちびるでの愛撫をつづけながら、右手をパジャマのズボンの中に差し入れる。

パンティを穿いている。当然だけれど、少し不満だ。同じベッドに入りたいと訴えて、風呂場に向かったのだ。パンティを脱ぐ時間はたっぷりあった。久しぶりなのだから、それくらいのことをしてくれてもよかった気がする。新鮮な感覚に浸っていたのに、甘えた要求をするように変わっていく。夫婦らしいと言えるだろうが、マンネリズムをつくっているとも思えた。

美里と肌を重ねたことで、ここまで考えるようになったのだ。彼女との出会いがなかったら、漠然と妻を抱き、漠然と不満を抱きつづけることになっていたはずだ。

パンティの上から割れ目に指をあてた。いきなり、直に触れたいのだけれど、さすがにはばかられた。いやがられるといった心配をしたわけではない。あまりにせかせかしすぎている気がしたからだ。

男としてのゆとりが愛撫に表れると思う。久しぶりだからこそ、そんなことが気になってしまう。やりたいことをやればいいのに。

「友理子も興奮しているみたいじゃないか。パンティが濡れてるのを感じるよ」

「意地悪な人。ねえ、久しぶりなんだから、ロマンチックな雰囲気にしてくれない？」

「濡れていると囁くのは、ロマンチックに入らないってことか……」

「入りません。エッチの範疇《はんちゅう》でしょう、それって」

「わかった……。だったら、ずっと言いたかったことを言うよ」

「何？　怖いな、ちょっと」

　妻はにっこりと微笑むと、くちびるを閉じた。言葉を受け止める準備をしている。高ぶりの色に染まっている瞳の輝きが強くなる。

「友理子、好きだよ」

「照れちゃうな、あらためてそんなことを言われると……」

「愛してるよ、すごく」

「はい」

　妻は深々とうなずいた。

　天馬は待っていた。妻の口から、愛しているという囁き声が返ってくることを。でも、期待どおりにはならなかった。

　恥ずかしくて言えなかったと思うことにして、天馬は自分の気持を納得させた。自分の思いどおりにならないことは多かったじゃないか。それくらいのことは、三十八年も生きてきたんだからわかっているだろう？　そうだよ、今がその時なんだよ。たとえ妻であっても、思いどおりになったりはしないんだ。

右の乳首をくちびるで圧迫して、左の乳首を指の腹で摘んで押す。ふたつの乳首から伝わってくるぬくもりを、ふたつの場所で味わう。くちびるのほうが微妙なぬくもりの変化や、乳首の膨脹が感じられる。でも、どちらも同じくらいに気持いい。愛撫しているのに、自分が気持よくなるのだから不思議だ。

「可愛い乳首だな。独身の時から変わらずにおいしいよ」

「昔のわたしと比較しないで。今よりも五キロ以上は痩せていたはずなんだから」

「どっちの友理子も好みだな」

「それってつまり、どうでもいいっていうことでしょ？」

「たぶん、どっちも愛しているってことになるかな」

妻の頬が黒っぽくなった。愛しているという言葉に反応して、赤く染まったのだろう。やはり、それが妻の心を射ぬく言葉だったからだ。久しぶりに口にして、天馬も胸がときめいた。その新鮮な気持とともに、性欲も全身に満ちた。

パンティの中に指を差し入れた。妻の下腹部が前後にうねった。陰毛の茂みはしんなりとしていて、湿り気と熱気に満ちていた。

割れ目に触れる。いっきにだ。妻なのだから周りくどいことをする必要がないとも思う。外行きでない愛撫。妻を相手にしているという気安さが心地いい。そういうことがわかるのも、美里と出会ったからだ。

「ねえ、もっと触って。わたし、気持よくなってきたみたい」

「わかってるって……。軀は正直だ。もっと愛撫を欲しがっていることもわかるからね」

天馬は満足げに囁くと、割れ目の端に指を這わせた。クリトリスの突起はすぐに見つかった。それはヒクヒクと小さく痙攣をしながら、愛撫を待ち受けていた。粘り気の強いうるみだ。指の腹だけでなくて、爪の中にも入り込んでいる。奇妙なくらいに懐かしい。この粘り気と生温かさは、まさしく妻のものだ。久しぶりの触れ合いだけれど、感触を忘れていなかった。そんなことは当然だと思いながらも、天馬は少し驚いた。

妻の息遣いが荒くなっていく。艶めかしい響きが寝室に響く。高ぶりの中に懐かしさの混じった感慨が入り込んでしまう。

天馬はゆっくりと欲望に集中していく。腹筋に力を込めて、意識的に陰茎を跳ねさせる。明かりを点けなくてよかった。闇の中だからこそ集中できるし、妻を女として見られる気がした。

夜の闇は照れや恥ずかしさを忘れさせてくれる。性的な興奮も、当然もたらしてくれる。そればかりか、生活者としてだけ生きている妻を、ひとりの大人の女に変える効果もある。つまり、子どもを産んだぬかみそ臭い女房が、男を惑わす妖しい女になるのだ。

パンティを脱がす。パンツではなくてパンティだ。これも闇の中だからこその言い方だと思う。妻のそれはパンツだ。男の性欲を煽る妖しさはないし、幻想を抱くことができる代物でもない。それなのに、今はパンティに思える。

妻はお尻を浮かして協力してくれる。上体をよじるようにして動かすために、掛け布団がベッドから落ちそうになる。

雑な動きだ。男のことをあまり意識していない。少し残念だ。これが不倫相手だったら、しとやかにお尻を浮かしているだろう。でも、その程度では欲望は鎮まらないし、陰茎も萎えたりはしない。久しぶりに妻と軀を重ねていることに強い興奮はつづいている。

妻を裸に剝くと、掛け布団をめくった。普通ならば、そんなことはしない。天馬は妻を見たかった。夫としてではなくて、男として。

たっぷりとした乳房が薄闇に浮かび上がっていた。五キロ太ったと言っていただけのことはある。ボリュームがある。でも、淫靡だ。巨乳の部類に入るかもしれない。下腹に緩みが見えるけど、興醒《きょうざ》めするほどではない。こんな女体もいい。女ならではの軀だとも思う。それに、興奮している表情も可愛らしい。

妻の足の間に入った。シングルベッドが軋む。寝室にスプリングが跳ねる金属音があがる。

妻の太ももの内側の白さが闇の中で際立っていた。天馬は同時に、陰毛の茂みの黒色が濃くなっていることにも気づいた。黒色に深みがあった。薄闇の中だからこそわかったことだ。明かりの下では、茂みが艶やかに輝くのが見えても、黒色の深みまでは気づかなかったはずだ。

白色の太ももに両手をあてがいながら腹這いになる。陰部に顔を寄せる。視界に入るのが黒々とした陰毛の茂みだけになる。そこまで近づくと、割れ目を源としている生々しい匂いが濃くなる。呼吸をするたびにそれは胸の奥にまで入り込んだ後、全身に拡がっていく。

割れ目を舐める。ゆっくりと味わうように。めくれている厚い肉襞がひくつきながら、舌に絡みついてくる。粘り気の強いうるみが、口に入り込む。生々しい匂いを鼻からも口の中からも強烈に感じるうちに、頭が真っ白になっていく。

妻の足がさらに開く。うながしたわけではない。口と舌の愛撫をねだっている。そんな妻を愛おしいと思う。性欲を互いに晒しているのだから。こんなふたりだからこそ、たとえ明かりを点けたとしても、照れたり恥ずかしがったりしないと思う。

でも、そんなことはしない。薄闇が与えてくれる幻想を大切にする。夫婦のセックスにこそ、幻想が必要だ。自分の妄想だけでセックスを追い求められるのは、妻以外の女との時だけだ。

クリトリスを舐める。

割れ目の端でそれは屹立している。舐めるたびに震える。うるみも溢れてくる。荒い息遣いから喘ぎ声に変わる。妻の反応というよりも、友理子という女そのものの反応だ。だからこそ、天馬も高ぶるのだと思う。

妻を抱いていると思うから、マンネリにもなるし、つまらないとも感じてしまうのではないか。妻を女として抱けたら、情熱的にもなるだろうし、勢い込んで男の性欲をぶつけるだろう。でも、妻はそんなことは想像していない。だからこそ、夫婦のセックスに幻想が生まれないのだ。

うるみをすっていると、妻の独り言のような囁き声が響いた。

「ねえ、すごいの……。ああっ、すごく興奮しているみたい。恥ずかしいのよ、本当に、こんな姿を見せちゃうなんて……。ああっ、いけないわよね、隣で子どもが寝ているんだから……」

言い終わった後に深いため息が二度つづいた。その後、寝室は妻の荒い息遣いだけになった。

黙っていても、割れ目はうねっている。それは妻の女の部分だ。めくれた厚い肉襞が波打つように動きながら、白く濁ったうるみを滲み出している。滴となって垂れたそれは、お尻を伝ってベッドに落ちる。生々しい匂いは濃さを強めて、目が染みるくらいまでになる。

メスの匂いだ。天馬のオスがそれに感応する。今すぐにも濡れた割れ目に挿入したい情動に駆られる。でも、まだだめだと高ぶりや勢いを抑える。なぜか。妻と親密な会話をしたいから。今夜だけでもいろいろと話をしてきたけれど、まだ足りない。

これまで、妻と性的なことを話題にしてこなかった。遠慮というより、やはり、恥ずかしさのせいだ。それに、結婚したのだから、話し合わなくても相性は合ってくるものといった甘い考えもあった。男の欲望を剝き出しにすることへの心理的な抵抗もあったし、妻には貞淑であって欲しいという気持もあった。

夫としても男としても、何から何まで狡いと思う。でも、この狡さは自分だ。男たるもの、時には、自分の狡さと向かい合うべきだし、そのすべてを確かめるべきだ。そして、悪い狡さは改めなくてはいけない。ここで注意するべきことは、悪くない狡さもあるということだ。すべての狡さが悪ではない。

いい機会だ、今夜は。自分の思っていることを話そう。今ならその勇気がありそうだ。狡さを妻に指摘されたとしても、怒らずに受け入れることができる気がする。

「ずいぶんと久しぶりだね、友理子の大切なところを見るのは……」

「あん、恥ずかしい」

「ダメだよ、足を閉じないで。ぼくにもっと見せなくちゃ」

「早くきて……。それとも、わたしを焦らしていじめたい？」

「意地悪しているんじゃない。話をしているつもりなんだけどな。これまで、ぼくたちは、性的なことを話題にすることが、少なすぎた気がしているんだ」

「そうかしら？　わたしは十分にしてきたと思うけど……。だから、子どもにも恵まれたんじゃない」

「子どもとセックスのことは別じゃないか。一緒にしていたのかい？」

「別々に考えるほうがおかしくないかしら。結婚したんだから、快楽を追い求めるセックスだけを考えなくたっていいでしょう」

「どっちかといったら、快楽だけのセックスをしていたいんだけど」

「わたしとでは不満だったと言いたいの？」

「べつに……」

「きっとわたしに不満があったのね。だから、こんなに長い間、触れようとはしなかったのね。ようやく、わたし、わかった気がする」

「何がわかったのかな」

「あのねえ、とぼけないで。それとも、聞いていなかったの？　セックスを求めてこなかった理由が、わかったって言ったの」

「簡単だよ。ぼくがすごく忙しかったせいだ。それだけ。ほかに特別な理由なんてないよ」

「わたしが相手では満足できないと思っていたんでしょ？　そう思われていたとしても、わたし、仕方ないって諦めているのよ」

「どうしてそんなことを言うのかなあ……。諦めるってことは、努力しないってことだよ。それって、夫に対して失礼じゃないか?」

「夫婦だから必ず、セックスしなくちゃいけないの? 技巧に長《た》けた妻でないといけないの? 妻って、夫の性欲に対しても責任を持っているものなの?」

「何を言いたいのか……。ぼくとは何もしたくないみたいだな」

「そうは言っていないわ」

「だったら、ぼくにわかるように言って欲しいよ」

「積極的にはしたくないという感じかしら。だからって、あなたが嫌いになったわけではないの」

「どういうふうに理解をしていいのか……。難しいな」

「あなたはどうしたいの?」

「とりあえずは、今のこの欲望を友理子にぶつけたいし、それをかわさずに受け止めて欲しいかな」

「今がよければいいのね」

「そういうのを、揚げ足取りと言うんじゃないか? ぼくは素直に自分の気持を明かしたんだよ」

「わたしの寝込みを襲って、そんなことを言うなんて……。何かあったの? これまでずっと、性的なことなんて話題にしてこなかったのに」

「抑えていたんだよ、たぶん、無意識のうちに。夫婦仲が悪いわけじゃないんだから、悪くなる要素を無理に入れることはないから」

「だとしたら、どうして話題にしたの？　それにどうして今夜なの？」

「今夜だということには、意味はないかな。勢いだよ。ずっとわだかまってきたことだから、今夜でなかったとしても、いつかは、切り出したはずだから」

「何かの結論が欲しいの？」

「たぶんね」

「乱暴すぎるわ」

「何かの結論を出さないと、収拾がつかないんじゃないかな」

「月に何回セックスすると決めるとか？　週に一回は必ずとか？」

「そんなことを決めたいなんて思っていないよ。そうだ、こうしよう。性的なことを話す機会をつくるっていう結論ではどうかな」

「いいけど、それで満足できるのかしら？　ずっとわだかまってきたことなんでしょう？」

「最初としては十分だよ……。ぼくはすっごく愉しめたな。友理子はどうだっ

「何を」

「夫婦の会話さ」

「どうかな、わたしは。こういうことは、わざわざ、話さなくてもいい気がするんだけど」

「話さないと、何を欲しているのかわからないじゃないか」

「そうね、あなたの言うとおり……。何を嫌っていて、何を欲していないかってことも、話さないとわかってもらえないものね」

「友理子の大切なところを舐めてもいいかな」

「どうして、いきなり？」

「欲していないかもしれないじゃないか。だとしたら、悪いだろ？」

「意地悪なんだから。舐めていいのよ。たっぷり舐めてもいいのよ」

妻は言うと、腰を突き上げるようにして割れ目への愛撫をねだってきた。それが近づいたり遠ざかったりするたびに、生々しい匂いの濃さが変わった。

妻とこんなにも長くセックスについて話したのは初めてだ。少しだけ満足した。たぶん、完璧に満足することなどないだろう。それがあるとすれば、自分の欲望のすべてを妻が受け止めてくれる時だ。

長く話したのに、欲望は鎮まっていない。きっと、自分の話したかった話題だからだ。陰茎は屹立している隆々としていて、幹の浮かぶ血管や節が見事だ。

「友理子、じゃないか。

「わたし、久しぶりに、したくなったみたい……」

「その前に、ぼくのものも味わって欲しいんだけどな」

「わたし、上手じゃないから」

「うまいへたなんて、どうでもいいのに……。友理子はそんなことを気にして、ぼくのものを愛撫してくれなかったのかい？」

「苦手だって思っているうちに、好きではなくなったの。だから、触らなくなったんじゃないかしら」

「好きになって欲しいよ。そうでないと、ぼくの性欲は行き場を失っちゃうかもしれないよ」

「おちんちんを愛撫しないと、どうしてもダメ？　昔から好きだったけど、あなたにとって、それがそんなに重大事なの？」

「くわえてもらうと、ぼくを受け止めてくれたって思えるんだ」

「そんなことをしなくたって、あなたを受け止めているってわかっているでしょう？」

「もうひとつ理由があるんだ。男の軀が望んでいるんだ、その快楽を。理屈じゃないんだ」

「今、して欲しい？」

「うん」

「あなたって、わたしの気持よりも快楽のほうを大切にするんだから……」

「友理子も大切だし、自分の快感も大切なんだから、どちらか一方を選ぶことはできないよ。わかりきったことじゃないか」

妻の足の間から移ると、仰向けになった。下腹に沿うようにして陰茎が屹立する。笠が充血して、赤黒くなっている。笠の端の細い切れ込みには、透明な粘液が溜まっている。滴となったそれはゆっくりと大きくなっている。

天馬は妻の右手を摑んだ。包み込むようにやさしく。細い指を陰茎に運ぶ。妻はいやがってはいない。苦笑しているようだった。夫の強引さに負けたとでも思っているかもしれない。

幹を握る。垂直に立てる。おざなりというわけではないけれど、熱心ということもない。言われたからやっているだけ。そんな気配を漂わせながら、妻の指が動く。十分だ。久しぶりだから。天馬は瞼を閉じて、陰茎の刺激を味わう。妻の愛撫に酔うために集中する。

「気持いいよ。嫌いとは思えないくらいに上手じゃないか」

「それって、皮肉？」

「これからは、もっとたっぷりとして欲しいな」

「こういうのって、話し合いのうえでするものではないでしょ？ するしないは、その時の雰囲気なんじゃないかしら」

妻は小声で応えると、上体を起こした。微笑んでいた。妖しさを満面に湛えて。そして、妻としてというよりも、女を前面に押し出している表情だった。

「友理子、いい顔しているよ」

「あなたがエッチな話をたくさんしたから」

「いい雰囲気になってきたんじゃないか？」

「そうみたい」

友理子は口元にうっすらと笑みを浮かべた後、屈み込んだ。くちびるが開いた。陰茎の先端に、生温かい吐息がふきかかった。

妻のフェラチオだ。

陰茎の先端を薄いくちびるがぎこちなく這う。艶めかしい唾液の輝き。舌先の鈍いぬめりの光。直近はいつだったのか思い出せない。半年前だったか、十カ月前だったか。天馬は仰向けになって妻のくちびるを味わう。恋人同士だった頃は、フェラチオしてもらっても感動などしなかったのに、今は勃起を忘れてしまうほどの強い感動が全身に拡がっている。

天馬は少し腰を上下させた。もっと深くくわえて欲しいというサインだ。それが叶えられたらうれしいけれど、叶えられなくても文句を言うつもりはない。とにかくすごくうれしかった。飛び上がって喜びたいくらいだった。友理子は好きで結婚した女性だ。だからこそ、渋々やっているフェラチオだったけれど、陰茎で感じるくちびるの感触をくすぐったい思いで味わっていた。

「ねえ、もういい?」

妻はくちびるを離すと、長い髪を梳《す》き上げながら囁いた。淡々としていたけれど、闇の中で響いているためか妖しく聞こえた。

まだ一分も経っていない。それなのに、「もういいって」どういうことだ。陰茎をくわえてもらうことが自分を受け入れてもらえると感じられると言ったばかりなのに……。こんなにも短時間で終わらせるということは、受け入れる気がないという意思表示なのか。

毎週のように軀を重ねていたら、こんな疑念は抱かなかっただろう。つまらない疑念だと思う。でも、天馬にとっては重大だ。いくら不倫相手ができたからといって、妻に受け入れられないのは耐え難い。どちらか一方があればいいというものではない。それが男の素直な本音だ。それを認めることも重要だ。自分を認めることからすべてがはじまるし、そこからしか成長もない。

「もうちょっと、いいかな。それって挨拶程度だよ。気持よさに没入できるくらいがいいかな」

「無理言わないでよ……。久しぶりなの。そのことを肝に銘じておいてよ」

「わかっているさ。でもね、だからって、やり方を忘れたわけではないだろう？ 気持よさを引き出して欲しいんだよ」

「触れただけでもすごいことなんだから、誉めて欲しいくらいなのよ」

妻は睨みつけるような表情をつくると、もう一度、髪を梳き上げて耳に留めた。まばたきをした時、瞳を覆う潤みにさざ波が立った。舐めてくれる。天馬は感じ取った。

屈み込んで、妻は顔を陰部に寄せていく。

数本の遅れ毛が薄闇の中できらきらと光る。

四つん這いになっているために、乳房が美しい形となって垂れている。顔を動かすたびに乳房が揺れて、逆円錐の美しい形が変わる。いびつになったかと思ったら、うっとりするくらいに美しい形になった。乳房のふもとに細かい皺がいくつも生まれたかと思ったら、二十代のように張りつめた。

妻の細い指が幹をしっかりと握り締めはじめた。陰茎を立てる。張りつめた皮をつけ根に下ろす。裏側の敏感な筋がひきつれるうちに、笠の外周が歪む。うっすらと溜まっていた透明な粘液が滲むのがはっきりと見て取れる。

笠の端を舌先で舐める。チロチロと。おざなりという言い方がぴったりと当てはまる動き方だ。やりきれなさが込み上げてくるけれど、我慢するしかない。妻が言ったとおり、フェラチオしてもらっているだけでもすごいことなのだ。

笠全体をくわえ込む。天馬が腰を上げてうながしたからだ。おざなりではあったけれど、応えてくれるだけでもうれしかった。そのうちに、風向きが変わるかもしれない。とにかく、今は焦《あせ》りは禁物だ。妻とはいえ、セックスの最中に何かを強要するのはよくない。無理強いとは、言い換えると、性の暴力だ。

男たるもの、愛する女性に性的な暴力をふるってはいけない。想像してみただけでも、愉しくないことがわかる。たとえ興奮しても、後味の悪い一度きりの興奮にすぎない。誇り高い男は、卑しい興奮に埋没してはいけないのだ。無残な興奮にまみれることで、男の矜持までもが無残なものになってしまう。

妻の頭が低くなった。陰茎を口の奥深くまでくわえ込んだ。

生温かい。くちびるは緩んだままだけれど、彼女の体温の刺激と舌のつけ根の微妙な刺激に快感が引き出されていく。舌先を遣ってくれたらもっと気持いいと思う。でも、そんなことは言い出せない。

妻に気兼ねすることなく伸びやかな気持で自分の欲望のすべてを明かすことができたら、どんなに気分がいいだろう。それが夫婦としての理想だと思う。

さて、はたしてどうだろうか。

不倫相手の美里との出会いによって、天馬はその考えが少し揺らいでいるのを感じる。炊事洗濯子育てだけでも大変なことなのに、さらに、セックスの唯一のパートナーという役割まで加えていいものかどうか。

結婚当初には思い浮ばなかった疑問だ。そんな風に考えられるようになった自分は、男として成長したと言えるのか。単に、自分までも欺《あざむ》いてしまえる老練さを身に付けたということなのだろうか。それとも、三十代も後半になって言葉の遣い方が上手になったおかげで、自分にも他人にも狡さを感じさせない狡さを身につけたのかもしれない。

「友理子、やっぱり上手になったみたいだ」

「わたし、頑張っているもの。わかるでしょ?」

「うん、わかるよ」

天馬はとりあえず妻の機嫌が悪くならない言葉を選んで応えた。内心では不満だった。

頑張るという言葉が気に入らなかった。男なら当然、それを不満に思うはずだ。フェラチオは頑張ってやるものではない。たとえ、口が小さくて奥深くまで入れるのが大変だったとしても、頑張るという言葉は遣って欲しくない。自分から望み、喜んでやるべきものであって欲しい。そうでなければ、受け入れるということにつながっていかない。

フェラチオしてくれるということは、男を受け入れるということだ。もしもそこに頑張るという言葉を遣ったら奇妙なことになるはずだ。

たとえばこうだ。

夫の男の部分を、妻は頑張って受け入れているんです……。こんな言い方になる。おかしいだろう。繰り返すけれど、頑張って受け入れるものではない。そのおかしさが、友理子にはわからないのか。諭すつもりはないけれど、このまま諦めてしまうつもりもない。妻とも満足できるセックスをしたい。欲張りかもしれないけれど、それでこそ、残りの人生が充実すると思うのだ。

「ねえ、口が疲れてきちゃった。前屈みになっていたから、腰まで少し痛いわ」

「せっかくいい雰囲気になってきたっていうのに、そんなことを言われたら台無しだよ」

「だって本当のことだから。それに無理してやっても気持がこもらないでしょ？　おざなりにしていたら、あなたに伝わるでしょ？」

「びしびし伝わるよ」

「ほんとかな」

「そういうものさ」

「わたしを驚かせるために、ちょっと大げさに言ってるんじゃない？」

「男がいかに敏感か、友理子はわかっていないんだなあ。だから、おざなりにできるのかもしれないな」

「せっかくやっているのに、おざなりだなんて失礼ねえ」

「時間が短いのはまだ許せるけど、気持が入っていないおざなりなやり方は許せないな」

「あなたって、いつからそんな贅沢になったの?」

「心だけはいつも贅沢だったさ。現実との違いに、折り合いをつけるのが大変だったけどね」

「もう意地悪なんだから。それ以上言ったら、もうしないわよ」

友理子は陰茎を口にふくんだまま濁った声で応えた。粘度の低い唾液がこぼれて幹を伝った。それはつけ根に溜まるものもあれば、縮こまったふぐりの深い皺に流れ込むものもあった。どちらの唾液も生温かくて気持よかった。

普段の時なら、妻と話していて唾液が飛んでくれば間違いなく不快に思うだろう。それなのに、今は気持がいいし、もっともっと唾液にまみれたいとさえ思う。自分のいい加減さをあげつらう気はない。妻に対して今でもそこまで思えることの喜びに浸るほうが、自分にとっても妻にとっても幸せだ。

妻が陰茎を離した。視線が絡んだ。もう十分してあげたわよ。妻の瞳はそんなことを語っていた。

「ねえ、もういいでしょ？　さあ、きて、あなた」

ふたりは軀を入れ替えた。妻が仰向けになり、彼女の足の間に今度は天馬が入った。割れ目はもう舐めている。そこに戻ることはない。挿入だ。ひとつになって気持よくなることを目指すのだ。

割れ目に陰茎の先端をあてがう。どこに何があるのか、天馬はわかっている。長年連れ添っている妻だ。まったく迷わずに、笠を当てはめることができた。これでいい。この後は腰を突き入れるだけだ。

割れ目を守っている左右の厚い肉襞はめくれ返っている。生温かいうるみにまみれたそれは、笠にへばりついてくる。それだけにとどまらずに、奥に引き込もうとする動きさえする。この動き。確か、美里もそうだった。ということは、これが高ぶった女の割れ目の動きなのか？

経験豊富な男ならば、きっと、それくらいのことはわかっているだろう。残念ながら、天馬は違った。最近まで、不貞を働くことはなかったのだから、経験はないに等しい。彼が持っているものは男としての矜持と好奇心、そして誰にも負けない欲望の深さと性欲の強さだ。

「ああっ、焦らさないで……。久しぶりにいろいろなことを経験して、わたし、すっごく興奮しているんだから。あなた、わかるでしょ？」

「わかるよ。友理子のあそこから粘っこくて生温かいものが溢れてきているもんな。おちんちんの先っぽでも感じ取れるくらいだよ」

「あん、すごく卑猥《ひわい》」

「友理子だけじゃないよ。ぼくだって卑猥になってるんだ」

「ふたりとも卑猥なのね。いやらしい、わたしたち」

「たまにはいいな、こういういやらしい時間を過ごすのは」

「ねえ、早く」

妻は挿入をねだるように、三度四度と腰を小さく上下させた。彼女の表情も動きも可愛らしかった。そのたびに、膨脹した笠がわずかに入っては外れた。笠だけでなく幹も、うるみにまみれていた。妻の息遣いが荒さを増している。

下腹部の波打ち方が大きくなり、それに連動するように乳房が揺れた。

見事な女性美だ。

若い時は見逃していたものだけれど、今はそれを味わえるだけのゆとりと眼力がある。これは特別なことではないし、女性経験の多い少ないに関係もしていない。女性を愛して大切にし慈《いつく》しんでいれば、おのずと身についてくるものだ。

「入るよ、友理子」

妻に覆いかぶさるようにして上体をあずけた。耳元で囁くと、長い髪に隠れている耳たぶをくちびるでねぶった。舌先で耳の裏側を舐めた後、髪の生え際に沿って唾液を塗り込むように舌を滑らせた。

「ああっ、こんなに気持よくなれるなんて……。どこで覚えたの？　それともこうすると気持がいいって、女性に教えられたの？」

「全部、違う。友理子を見つめているうちに、こうしたら気持よくなるかなってアイデアが浮かんだだけさ。ぼくがまるで浮気しているみたいな言い方はして欲しくないな」

「そうね、ごめんなさい」

「入るよ、友理子」

「きて、あなた」

妻が両手を伸ばして、背中に回してきた。きつく抱きしめながら、両膝を立てた。迎える体勢が整った。

天馬は腰を突いた。

うるみのおかげで、陰茎はすっと奥まで入った。気持がいい。うるみが熱かった。割れ目の奥の細かい襞がひとつの束になって、上下に笠を圧迫したり、押し返したりする。

それだけではない。束になっていたはずの襞が何かの拍子にバラバラになった。小さくなったそれらが、ひとつずつ陰茎を刺激してきた。規則的ではない動きのおかげで極上の快感が生まれた。

腰を突き込む。何度も何度も。

快感は濃く強くなっていく。どこから生まれるのかわからないからだろう。笠からか、幹からか。つけ根からかもしれない。襞は縦横無尽《じゅうおうむじん》に動いている。割れ目の襞は素晴らしい。ほんとに自分の妻なのか。長い期間、ねっとり絡みついてくるこの襞に触れなかったことが、いかにもったいないことだったか。

「わたし、いきそうよ」

「ずいぶんと早いな。まだ三分も経っていないんじゃないか？」

「だって、気持がいいんだもの。久しぶりだから、軀がびっくりしちゃっているのかもしれないわ」

「ぼくがいけないな」

「そうよ、あなたのせい。きちんとしてくれないと……。車だって整備不良で動かなくなるでしょ？」

「そりゃ、そうだ」

天馬はこういう話題をほかのことに置き換えて話すのが苦手だ。かえって下品になってしまう気がするからだ。どうせなら、直接的な言葉のほうがずっと健康的だ。なによりも、わかりやすい。

「これからは定期的にセックスしたいな。大満足だよ、ぼくは」

「ほんと？　そう言って、何カ月も放っておくんじゃない？」

「まさか。これからは違うな」

「おかしいわねえ。いきなり精力的になっちゃうなんて。わたしに対して悪いことでもしたんじゃないのかなあ？」

「違うって」

天馬は努めて冷静な口調を心がけて言うと、腰の前後の動きを速くした。襞を味わうことより、摩擦による快感を引き出すためだ。

「ああっ、すごくいい」

「もうすぐいきそうだ。友理子、一緒にいくんだよ」

「もうだめよ、だめ。ああっ、あなた、きて」

妻はうわずった声を放ちながら、全身を硬直させた。昇っている。それがわかったからこそ、天馬もいっきに腰を突いた。瞼を閉じると、快感の大きさに没入した。

女の絶頂が男の絶頂を引き出す。天馬は陰茎がいっきに膨らみ、白い粘液が噴き出すのを感じた。

セックスがこんなにも気持よかったなんて……。

絶頂に昇りながら、次の欲望のことを考えた。天馬は貪欲だった。

第二章　迷った時こそ突き進め

天馬はシティホテルのバーラウンジのカウンター席にいる。バーテンダーに水を頼んで飲んだところでひと息ついた。

明日からはじまる「加賀百万石うまいもの展」の最終チェックが済んだばかりだった。天馬は伸びをするフリをしてさりげなく薄暗い店内を見回しながら、飯《いい》倉朋美《くらともみ》の姿がないことを確かめた。彼女は石川県の加賀温泉郷の老舗旅館「ときわ」の若女将《わかおかみ》だ。

腕時計に視線を遣った。

待ち合わせした午後九時の五分前だ。若女将よりも先にバーに入っていたかった。天馬はそれが催事担当としての最低限の礼儀だと思っていたからだ。

彼女と会うのは、今夜で五度目になる。

美人若女将が今回の催事のコンパニオン役になったらどんなに華やぐだろうかというアイデアが浮かび、それを実現させるために美人と評判の「ときわ」の若女将に交渉したのだ。四度目の時にようやく、加賀のためになるならということで了承してもらった。もちろん、彼女のメリットも考えて、宿の紹介もすることにしていた。

飯倉朋美が現れた。

午後九時三分前。約束の時間の前にきっちりとやってきた。そのことだけでも、素敵な女性だと思えた。大女将《おお》から女将業だけでなく大人の女性としての教育も厳しく受けたという噂は本当だったらしい。些細なことかもしれないけれど、約束の時間前にやってくるということからもうかがえた。

「飯倉さん、お疲れさまです。何か問題があったら、なんなりとおっしゃってくださいね」

「どうもありがとうございます。椎名さんも遅くまで大変でしたね」

「ぼくはこれが仕事ですから、大変なのは当然だと思ってます。でも、飯倉さんにとっては、女将業とは別の余計な仕事ですからね」

「気になさらないでください。椎名さんの熱意に打たれたんです。失敗がないように頑張ります」

彼女は微笑みながら、隣の席に坐った。薄い桜色の着物を着ている。二十八歳という年齢よりもはるかに齢が上に見える。

美しい横顔だ。髪をアップにしているから、横顔の輪郭がはっきりと見える。それでも美しいのだから、彼女は美人だ。長い髪で顔をいくらか隠すことによっていい女の雰囲気をつくっている女性とは対極にいるような女性だ。

美人といっても冷たい印象は感じられない。笑顔には親しみがこもっているし、眼差しもやさしい。美人を鼻にかけている様子もないし、若女将だということで偉《えら》ぶる気配もない。天馬が知る限り、彼女はいつも謙虚で慎《つつし》み深かった。

生ビールを頼み、明日からの物産展の成功を祈って乾杯した。

「椎名さんって、全国のおいしいものを食べ歩いているんでしょう?」

「ええ、そうです。長年全国を歩いてわかったことですけど、日本というのは本当に、食の文化の奥が深いということです」

「加賀の食べ物はどうですか」

「押し寿司もおいしいし、お酒もおいしい。和菓子もおいしい。それらを盛る漆器も美しいときている。言うことなしですよ」

「まあ、誉め上手ですこと」

彼女は微笑むと、生ビールのグラスを摑んだ。優美な長い指だ。着物の桜色に合わせたとしか思えない薄いピンクのマニキュアが、上品な輝きを放つ。手の甲にうっすらと浮かぶ血管の藍色が、肌の薄さやきめの細かさを思わせる。

彼女が若女将になったのは、二年前だ。たった二年。それしか経《た》っていないというのだから驚きだ。

朋美は東京の大学を卒業後、重機械メーカーの専務秘書として働いていた。彼女の言によると、結婚後も東京にいるだろうと漠然と思っていたのに、二年前にその計画を大きく変えざるを得なくなったということだった。

大女将、つまり、彼女の母親が脳梗塞《こうそく》で倒れてしまった。それが理由だった。本来ならば、ふたり姉妹の姉が旅館を継ぐべきだったのに、姉は頑《かたく》なに拒んだ。結婚して関西に住んでいたから。しかも、ふたり目の子どもを妊娠中だった。納得のいく理由だっただけに、妹の朋美のほうが折れた。東京を引き払い、加賀に骨を埋めるつもりで戻った。

幸いにも、大女将は懸命なリハビリの甲斐もあって、回復した。しかも、短期間に。そして、そんな大女将がやることはひとつだった。娘を一人前の女将に仕込むこと。朋美はそれに応えた。その結果、今横に坐っている優雅さを漂わせる若女将がつくられたのだ。

「劇的な変化に、気持がよくついていきましたね」

天馬は訊いた。素直な疑問だ。自分の意思ではないものに、彼女は翻弄《ほんろう》されたことになる。彼女は運命に従いながら新たな道を切り開こうという前向きな気持だったのか、それとも、従わざるを得ないという諦めだったのか。家のために自分を犠牲にしようという想いに支配されていたのか……。

「メーカーの中でも重機械のメーカーって、会社の体質が古かったんです。男尊女卑。その中でOL生活を送ってきたことが、旅館業では役に立ったんですよ」

「よく受け入れられましたね。そんな情況では、あなたに自分の意思があるようでいて、なかったと思います。運命だと諦めた？」

「心のどこかで最初から受け入れていたんですよ。ふたり姉妹。どちらかが継ってね。姉は結婚して大阪に住んでいたから、いつかは、わたしが帰らなくちゃいけないだろうなって……」

「きれいな顔をして、意思が強いんですね。人は見かけによらないって言うけど、ほんとだ」

「迷いましたよ、もちろん。でも、誰かがやらなくちゃいけない。その時、迷った時はやるべきだと思ったんです。そうしなくちゃ、絶対に後悔する。だから、戻ったんです」

二十八歳の若女将は小首を傾《かし》げると、複雑な表情を浮かべた。天馬にはそれが、後悔しているに決まっていますという意味に思えた。

いくら薄々自分が宿を継ぐかもしれないと思っていたとしても、自分の生き方を変えたという意識はあるだろう。とすれば、後悔は必ずある。それでこそ普通の考えだ。

「後悔があるとすれば、ただひとつだけですね」

「訊いてもかまいませんか？」

「ええ、かまいません。今となっては受け入れていますから」

「何ですか、その後悔は」

「それは……。恋人と別れたこと。あれ以来、わたし、男の人との縁がなくなってしまったんです」

「ほんとに？　あなたほどの美人が？　旅館なんだから、男性との出会いも多いはずなのに？」

「母が厳しいんです。周囲の人も、大女将が厳しい『ときわ』の娘だっていう色眼鏡で見るから、近づいてくれないんです」

「本当かなあ。ぼくは信じませんからね。恋人がいないのに、こんなにも色気を漂わせられるはずないじゃないですか」

「信じてください……。そういうこともあって、わたし、このお仕事を、お受けしたんですから」

彼女はしっとりとした声音で囁いた。大人の女だった。年下なのに、彼女のほうが年上にさえ思えた。

どういう意味で彼女は言ったのだろうか。東京でアバンチュールを愉しみたいという意味？　それとも、彼女に今誘われている？

互いに見つめ合う。それだけなのに、息苦しくなる。彼女はうっすらと笑顔を浮かべている。そこに親しみ以上の意味を込めている気がしてならない。勝手な思い込みだと戒めてみても、その思いは増幅していく。

朋美がさりげなく手を伸ばしてきた。カウンターの下。包み込むように手を重ねてきた。誰にも気づかれない。最上階のバーラウンジは薄暗いから、もう少し大胆なことをしても大丈夫だろう。

「信じて……」

「何を信じればいいんですか」

「あなたに東京でお会いできるんだろうなっていう期待があったから、お受けしたんです」

「うれしいけど、少し複雑です」

天馬は内心ではうれしくて飛び上がって喜びたかった。着物姿の美女としっとりとした関係になれる大チャンスなのだ。でも、正直、複雑な気持だった。

男たるもの、仕事と女関係のプライベートを混同すべきではないと思うからだ。今回は特に、仕事で出会った女性だ。そんな人と、催事がはじまってもいない今、深いつきあいをしていいわけがない。

催事を成功させたい。そのためには、胸を張っていられるだけの関係でなくてはならない。私情が入るとおかしくなりかねないからだ。

そうは思っても、彼女が重ねてきた手を払いのけたりはしない。ひとりの女性が切実な想いを込めて求めてきているのだ。それをむげにできない。男として、求められた人に応えるべきだとも思う。それでこそ、男だ。

てのひらも指の腹も、しっとりとしている。ゆっくりと汗ばんできている。それでも彼女は離そうとはしない。てのひら全体の圧力が増していた。求めていることに応えて欲しいというしぐさに思えた。

「飯倉さん、出ましょうか」

「はい……。でも、このまま帰るなんて言わないでくださいね」

「あなたの部屋に行きたいと言いたいけど、我慢します」

「ふふっ、おかしい。もう言っちゃっています」

「『ときわ』のスタッフの人が両隣の部屋に泊まっているでしょ？　そんなところに行けませんからね」

「どうして知っているんですか」

「新宿のあのシティホテルは、ぼくがすべてとったからですよ」

「ここは東京です。ふたりきりになってお話しできる場所は、ほかにもあるでしょう？」

「そう言えば、思い出しましたよ。会社でこのホテルの部屋をいくつか予約していたんですけど、予定していた人が来られなくなったって……」

「どういうこと？」

「予約済みのひと部屋が、ぽっかりと空いているということです」

「まあ……」

彼女は瞼《まぶた》を大きく見開いた。思いがけないことが起こったという表情だった。そんな時だけは、二十八歳の年齢らしい表情に思えた。

「本当にいいんですか？　お仕事で押さえている部屋を使って」

「問題はないでしょう。空いているわけですから。キャンセルしても、当日なので百パーセントの支払いです」

「だったら、そこに行きます？」

「飯倉さんさえ、よければ」

「朋美と呼んでください。そのほうが親しみを感じます」

「そう言われても、呼び捨てにはできないですからね。朋美さんでどうですか」

「わたしも同じように呼んでかまいませんか？　天馬さんと」

天馬はうなずきながら、全身がカッと熱くなるのを感じた。それと同時に、静かにして存在感をなくしていた陰茎がいっきに勃起をはじめた。皮がめくれた。陰毛の茂みをからめとりながら膨脹した。

手を握られているだけなのに、幹が芯から硬くなっている。ほかには刺激らしい刺激がないのに、笠の外周が大きくうねる。笠の端の細い切れ込みからは、透明な粘液が溢れている。確かめなくてもわかる。性的な高ぶりは、陰茎のつけ根から笠の先まで満ちている。

「天馬さん、まだここにいらっしゃいますか？」

「立って歩きたいんですけど、ままなりません。朋美さんの魅力とあなたの手のやさしさに、男が興奮しちゃっています」

「正直なんですね、天馬さんって」

「朋美さんが正直に心の裡を明かしてくれたからです。正直な心に応えるには、正直な心でないと……。それでなければ、心からの信頼関係なんてできませんからね」

「女は特に、そういうことに敏感なんです。カッコをつけているだけの男の人に、心を明かすのは難しいものです」

「田舎に住んでいる人は、素直なんじゃないですか？」

「意外と違うんです。わたしが東京で秘書として働いていたってことを知ると、身構えちゃうんです。バカにされないようにっていう警戒心のようです。わたし、そんな気なんてぜんぜんないのに……」

朋美はうつむいたまま、握っている手に力を込めてきた。天馬は半身になると、もう一方の手を伸ばして、彼女の太ももに置いた。窮屈な体勢になったけれど、それが勃起した陰茎への刺激になった。

「朋美さんほどの美人なら、なじられてみてもいいくらいだな……。ははっ、冗談ですけどね」

天馬のあっけらかんとした笑い声につられるように、朋美もくすくすっと朗らかに笑った。少女のような笑い声だった。

大人の女と少女の面が、短い時間に交錯する。それは心根の純真さの表れに違いない。そしてそれが、彼女の魅力にもつながっている気がしてならない。いい女とは少女の純真さを秘めている。そうに違いない。そのことを今、飯倉朋美という女性に教えてもらったと思う。

太ももを撫でる。着物の上からでは肌の感触は伝わってこない。弾力が強いのか、やわらかみのほうに特長があるのか……。でも、うれしい。興奮もする。指先での愛撫を受け入れてもらっているから。それが性的な高ぶりを呼んでいる。

「そろそろ、行きましょうか」

天馬は立ち上がった。勃起している陰茎の角度が変わり、それが刺激となってつけ根から跳ねた。勃起にも欲望にも勢いがある。これは妻との交わりではなかった強い情動だ。これだけでも気持いい。

やはり、女性との新たな出会いというのは素晴らしい。男に新鮮な息吹《いぶき》をもたらしてくれる。新たな欲望を育んでくれる。

バーラウンジを出た。

ふたりきりで、エレベーターがやってくるのを待つ。誰もいない。今がチャンスだ。拒まれる心配はない。

抱きしめた。帯が崩れないように気をつけながらきつく。お香の匂いが着物から立ち上がってくる。男の欲望が強い刺激を受ける。

「初めて朋美さんを見た時、抱きしめられたらいいなと思いました」

彼女の耳元で囁いた。

キスをするタイミングだ。

天馬は隣で立っている朋美の横顔を見つめた。

彼女もキスを望んでいた。恥ずかしそうな表情の中に、性的な期待が感じられた。伏し目がちだけれど、瞳を覆っている潤みに何度もさざ波が立っていた。着物姿のすべてから妖しい輝きが放たれていた。

エレベーターはもうすぐ来るだろう。その前に、キスをしなくてはいけない。

タイミングを失うと、できるものもできなくなってしまう。天馬はもう一度、バーラウンジのほうに目を遣り、エレベーターホールに誰もやってこないことを確かめた。ふたりきりだ。

彼女の腰にあてがっている手に力を込めた。着物の感触が指の腹に伝わってくる。洋服とはまったく違うやさしい感触だ。お香の匂いが濃くなっている。彼女の性的な高ぶりに連動しているかのようだ。

白かったうなじがほんのり桜色に染まっている。アップにした髪の後れ毛《おくげ》が揺れる。淫靡さに腹の底がゾクゾクする。後れ毛から、朋美の全裸が連想できた。着物姿の女性の妖しさの神髄を、天馬は今まさに感じ取った気がした。

朋美に顔を寄せる。

迷いがないわけではない。彼女は明日からはじまる「加賀百万石うまいもの展」を盛り上げてくれる老舗旅館の若女将のひとりなのだ。いわば、仕事上のパートナーである。そんな女性と親密になっていいのかという迷いだ。

天馬はそれを吹っ切った。彼女と親しくなりたいという気持に素直になろうと努めたからだ。それに、今のこのタイミングを逃したら二度と朋美と親しくなるチャンスはないという気にもなっていた。三十八歳の男は、そんな切迫詰まった想いにも背中を押された。

くちびるを重ねた。

弾力に富んでいる。ぷるんとしたくちびるだ。発色を抑えた赤色の口紅の匂いが口の中に拡がる。ううっという小さな呻き声を洩らしながら、朋美の背中がわずかに反り返る。二十八歳の女性を抱きしめていると思ったり、老舗旅館の若女将を自分の思いどおりにできているんだと感じたりする。つまり、ふたりの女性と同時にキスしているような不思議な感覚に包まれていた。

舌を絡める。彼女の華奢な軀が震えている。それは性的な高ぶりによるものというより、大胆なことをしているという驚きや不安や恐れといったものに思える。自分だってそうだ。内心はドキドキだ。どんなに深呼吸をしても、どんなに朋美を強く抱きしめても、高ぶりは消え去らない。

「ああっ、もうだめ……」

朋美は小さく首を振ってくちびるを離すと喘ぐように囁いた。

どちらからともなく視線を絡める。彼女の瞳を覆う潤みが厚みを増している。頬を染めていた桜色が、一度のキスで朱色に近い色に見えるまで濃くなっている。加賀に戻って以来、男とのつきあいがなかったと言っていたけれど、今の彼女の様子からすると本当に思えた。

エレベーターが来た。ほかに誰もいない。朋美とともに乗り込む。一階までのふたりきりの密室。天井の四隅を見て、防犯カメラがないことを確かめた。天馬はもう一度、彼女を抱きしめた。エレベーターホールの時よりも大胆に。

「朋美さんはさっき、もうだめって言いましたけど、そのだめってどういう意味だったんですか」

「わたし、そんなことを言いましたか？　全然、覚えていません」

「ほんとに？」

「ごめんなさい。それってキスしていた時でしょ？　そういう時の言葉にまで責任持てません」

「だめではないってことだよね」

「わざわざ訊くなんて、天馬さん、意地悪ねえ。嫌われちゃいますよ、そういう確かめ方は」

「確かめ方？」

「とぼけちゃって、可愛いなあ。だけどだめです、自分を一歩ひいた立場にして訊くのは」

「まいったね、朋美さんには。さすがに若女将だけのことはあるな」

天馬は唸りながらうなずいた。彼女が言ったように、わざわざ訊くことで、ふたりの関係が深いことを再確認したかったのだ。しかも、朋美に答のすべてをゆだねながら、自分の望む答を待っていた。複雑な心理だ。けれども、これが愉しかった。

二十代前半の頃は、セックスができる女性とはほとんど話をしたことがなかった。セックスすることが目的だったし、それこそが自分の好奇心を満足させることだった。ベッドに入ったら、黙々と一心不乱に、女体を味わうことに徹していた。それが三十代後半になって、妻以外の女性とつきあうようになって、女性との会話をたくさんするようになった。そしてわかった。女性との会話がこんなにも愉しいものだったと。

くちびるを重ねる。

着物の袖の身八つ口に急いで手を入れる。彼女のぬくもりと湿り気に満ちている。さらに手を入れようとしたところで、重力が足にかかるのを感じて、手を引いた。エレベーターがフロントのある一階に着いた。

彼女を待たせて、天馬はフロントに鍵を取りに向かった。

部屋は、高層階のツインルームだった。天馬は鍵を受け取ると、エレベーターホールに戻った。若女将の姿はなかったけれど、エレベーターの呼び出しボタンを押していると、いつの間にか、彼女は現れた。

「どこに行っていたんですか」

「ここで待っていたら、目立ってしまうと思って……」

「気を遣ってくれたんですね」

「いくら東京だからって羽を伸ばしていたら足下をすくわれかねませんでしょ？　誰に見られるかわかりませんからね」

天馬は微笑むと、エレベーターに乗り込んだ。夜遅いこともあって、誰も乗り込んでこなかった。

今度はキスをしない。不思議だけれど、求める気にもならない。部屋に入れば、いくらでもキスできるし抱きしめられるという安心感があったから。もちろん、勃起はつづいている。今求めないだけのことだ。

妄想は膨らんでいる。着物の裾をめくりあげたままの恰好で、軀をつなげたい。若女将の顔のままで勃起して硬くなったものを深々とくわえさせたい。しかもそれを窓際で。二十代の頃と同じくらい熱い想像だ。でもあの頃とは大きく違っている。今は妄想を現実のものにできるから熱くなる。あの頃は、妄想が次の妄想を生んでいくことで熱くなり、妄想の中に浸っていた。

エレベーターは二十六階で止まった。カーペット敷きの廊下を歩く。着物の衣擦れの音が響く。妖しい雰囲気。若女将というより、高級なホステスと一緒にいる気になる。

彼女から腕を絡めてくる。恋人同士のようにだ。お香の匂いが濃くなっている。肘に乳房の感触が伝わってくる。帯のちょうど上のあたり。着物を着ていても、はっきりとわかるから驚きだ。

「朋美さんはたいがい着物なんだよね。訊いてみたかったんだ、そういう女性に……」

「訊いてください、どんなことでもお答えしますわ」

「そんな丁寧な言い方をされると照れるな、下品な質問だから」

「ふふっ、そのほうが気が楽でいいんじゃないかしら」

「あのね、着物を着る時って下着を着けないってよく聞くけど、本当のところはどうなの？」

「補正下着はつけますけど、ほかは着けないかしら」

「ということは、ブラジャーもパンティもなしってこと……。変な気分にならないのかな」

「慣れっこですから、妙な気分にはならないわ。それよりも、気が引き締まるかしら。女だってことを意識するから、洋服の時よりも身のこなしとかしぐさに気を遣うし……」

「そのせいかな、二十八歳なのに、年齢以上に落ち着いた雰囲気を感じるのは」

「意地悪ねえ、天馬さん。わたしのこと、年齢よりも老けて見えるって言いたいの?」

「そうやって無理に突っかかってくるのは止《や》めて欲しいな。愉しいと思っている時は、愉しく過ごすように努めようよ……」

天馬は言うと、立ち止まった。目的の部屋番号のドアの前だ。廊下に誰もいないことを確かめると、軽くキスをした。

ドアを開けた。ふたりはなだれ込むようにして部屋に入った。ごく普通のツインルーム。けっして広くはない。それでも求め合うふたりにとっては十分な空間だった。

天馬は窓際の椅子に坐った。朋美は小さなバーカウンターにある湯沸かし器のスイッチを入れた。緑茶の用意をしながら声を投げてきた。

「さっきの天馬さんの言葉、すごく素敵でした。愉しく過ごすように努めるって……」

「ありがとう、うれしくなるな」

そんなふうに思うようになったのにはいくつか理由がある。

美里との出会いによって、人生を愉しまなければもったいないと思うようになったのが最大の理由だけれど、もうひとつ、別の小さな出来事も影響していた。

数週間前に、妻の姉の家族と食事をした時のことだ。十六歳になる姪っ子がいた。彼女は反抗期だった。家族だけの集まりではないのに、あからさまに両親に反抗していた。

恥ずかしげもなく、言われたことを無視していた。それなのに、いきなり両親に向かって料理がまずいと文句を言い出したりしていた。

姪っ子は不良ではない。ごく普通の高校生だ。誰しも通り過ぎる反抗期を迎えていたに過ぎない。その時、天馬はごく自然に湧き上がった疑問を姪っ子にぶつけた。

『みんなが愉しくしている時に、自分だけ反抗して愉しいかい？』

『愉しくありません』

『だったら、愉しくなるようにすればいいのに……。愉しくできるのにそれをしないで不機嫌にしているなんて、もったいないと思わないかい？』

『そう思います』

姪っ子は素直に言った。心に響いたのは間違いなかった。それ以降、食事が終わって別れるまで、彼女はほかの人を不快にさせる文句を言わなかった。その時の印象が強く胸に残っていて、それがふっと口をついて出たのだ。

「お茶、入りましたよ」

「ありがとう、飲みたかったんだ。さすがに若女将、よく気が利くね」

「これくらいのことは誰だってできますから」

「そんなことないと思うけどな」

天馬は立ち上がると、向かい側の椅子に坐った彼女の背後に回り込んだ。後ろから抱きしめた。彼女は待ち望んでいたかのように、頭を後ろに落として呻き声を洩らした。

「たっぷりと可愛がって……」

「もちろん、そのつもりだよ。そのためにも、いいかい？　恥じらっていたら愉しめないから」

「天馬さんって経験が豊富なのね」

「そうでもないんだ、これが。ドキドキがつづいていて、心臓がもたなくなりそうなくらいだ」

「ひと晩限りの遊びのつもりなのに、ドキドキするの？　そっか、それってスリルなのね」

「朋美さんの心に真剣に向かい合っているつもりでいるよ。だから、今のこの瞬間は、遊び半分なんていう気持は入っていないよ」

「言葉が上手。わたし、騙されちゃいそう……」

「騙すつもりではないよ。ぼくにとっては身近な存在の人だ。そんな女性を騙すわけがない。そんなリスキーなことをしたら、ぼくはこの世界でやっていけなくなるよ」

「信じていいのね」

「ふたりの想いが重なったから、こうして抱き合っているんです。この現実の確かさを認めたほうがいいと思います。そのほうがずっと愉しく生きられるはずだから」

彼女の耳元で囁いていると、見る間に耳たぶが桜色から朱色に変わっていった。後れ毛が妖しさを漂わせる。うなじのあたりから甘く生々しい匂いが湧き上がる。頬から顎にかけての肌の赤みが増していく。

衿《えり》の合わせに手を入れた。

乳房のすそ野のあたりからゆっくりと侵入していく。もちろん襦袢《じゅばん》の下だ。乳房のやわらかみと弾力が伝わってくる。若女将の乳房。二十八歳の乳房。十歳も下の女性の乳房。いくつもの顔をもつ乳房だ。指先が悦んでいる。

豊かな乳房が押し潰されているのがわかる。この事実を知っているのは自分だけだ。そう思うと、優越感とか満足感が膨らむ。なんという幸運だ。これはエレベーターホールで感じたキスのタイミングを逃さなかったからだ。

タイミングがいかに大切かを感じる。あの時、キスしなかったら、今こうして若女将の乳房を味わっていない。それだけは間違いない。

「朋美さんのおっぱい、すごく大きそうですね。こうして触れてみて初めてわかりました」

「着物の時はおっぱいは目立たないようにしています。ずんどうに見えたほうが美しいですからね」

「もっともっと味わいたいな」

「うれしいけど、わたしも、天馬さんを味わわせて欲しいんです。気持よくなりたいっていう気持よりも、今はあなたに気持よくなってもらいたいんです」

「朋美さんの本性かな、それが」

「たぶん。だから、旅館の仕事ができているんです」

「客に喜んでもらうことが、自分の喜びになる……」

「男の人との触れ合いも、たぶん、同じだと思います」

彼女はねっとりとした口調で応えると、乳房の愛撫から逃れるように前のめりになった。そして、椅子からずり落ちるようにして床に腰を落とすと、しがみつくように抱きついてきた。

「強く抱いて。天馬さんの男を感じさせて……」

「ほら、こんなになっているんだ」

天馬は腰を突き出して、陰部の膨らみを彼女に触らせた。

陰茎は芯から硬くなっている。痛いくらいに膨脹している。笠がうねるたびに、ふぐりが上下する。

「ああっ、すごくおっきい……」

彼女は呻き声をためらいがちにあげながら、ファスナーを下ろした。何度も熱い吐息を洩らした。

陰茎を直接握った。細い指は悦びに満ちていた。指の腹の弾力はやはり、二十代の女性のものだ。みずみずしいし初々しい。指先は震えながら、幹を圧迫してくる。薄いピンクのマニキュアを塗った爪が、幹に浮かぶ節や血管を押したり重なったりする。熱気と火照りが伝わり、彼女の性的な高ぶりの強さを感じ取る。

「わたし、どうしたらいいのかわからない……」

朋美は陰茎を掴んだまま、細い声で囁いた。天馬はチラッと、彼女の横顔を見遣った。

本当に何をすべきなのかわからないのか。それとも、彼女は単に恥ずかしさを表したかったのか。陰茎を握ったのだから、次は口の奥深くまでくわえるのが自然な流れなのではないか。二十八歳にもなって、それくらいのことがわからないのだろうか。いや、彼女は敢えてそれを男に言わせたいのかもしれない。

朋美と視線を絡める。ねっとりした眼差しだ。わからない。でも、彼女の興奮を感じる。それとともに、着物の裾がめくれるのが、視界の端に入る。なんていい女なんだ。天馬は胸の裡で満足げなため息をつく。彼女の手の中で息づいている陰茎がつけ根から勢いよく跳ねる。パンツの中の湿り気が増して、彼女の指もてのひらもじっとりと汗ばんでいく。

「ああっ、どうしたらいいの？」

彼女は呻きながら、同じ言葉を繰り返した。

「恥ずかしいのかい？」

「初めてなのに、明かりは点いたままでしょ？　それにわたしたちはお風呂に入っていないんです」

「夢中だったから、気にならなかったな」

「あん、いやっ。意地悪な言い方。まるでわたしが、夢中になっていないような言い方をするのね」

「素直になっていないからですよ、朋美さん。いいですか、自分が何をしたいのか、何を望んでいるのか、どんな欲望を秘めているのか、素直に明かして欲しいし、実際にやって欲しいんです」

「わたしばっかり？」

「ぼくだって素直になって朋美さんを求めるつもりです。あなたをひとりきりにはしません」

「わかりますけど、わたしたち、今夜が初めてなんです。素直になるのは難しい気がします」

天馬は微笑んだ。彼女がそう言うのはもっともだと思う。初めての時から、自分のすべてを素直に晒け出すというのは難しい。だからといって、それを肯定していたら晒け出せなくなるし、自分が本当に望むことも得られない。そんな中途半端な交わりで感じられるものは、中途半端な快感であり、中途半端な絶頂にすぎない。

身も心もとろけるような交わりをするためには、素直になることなのだと思う。天馬は経験は多くはなかったけれど、彼の秘めている男の心が真実を見定めていた。しかもそれは正しかった。

「無我夢中になるまでは、照れて恥ずかしがるのは無理もないかな」

「椎名さん、何かおっしゃって。わたしその言葉に従います。そのうちに無我夢中になると思います……」

「だったら、そうだな、朋美さんが握っているものを、口の奥深くで味わって欲しいな」

「はい、わかりました」

朋美は深々とうなずいた。瞼を薄く閉じると、屈み込むようにして陰部に顔を寄せてきた。

アップにした髪がわずかにほつれる。白かったうなじの肌が鮮やかな朱色になっている。それは性欲をはらんだ妖しい色だ。女の心を表す色でありながら、男の性欲を刺激する色でもある。

陰茎がパンツから引き出される。つけ根から斜め六十度の角度に保たれる。彼女の顔が寄る。くちびるが半開きになる。ピンクの口紅が唾液に濡れて輝く。

陰茎の先端が舐められた。尖った舌が掠《かす》めた程度だった。それでも気持よかった。頭の芯にまで響く快感だった。仕事に関係している女性と踏み越えてはいけないラインを超えたと思った。

後戻りできない。もう戻れない。天馬はそう考えながら、そういったことはキスの時に思うべきではなかったかとチラッと考えた。けれどもなぜか、今のこのフェラチオのほうが後戻りできるかどうかの瀬戸際に思えた。

キスは勢いでもできる。つまり、言い訳ができるということだ。でも、フェラチオとなると言い訳はできない。女子だけでなく男子にとっても。だからこそ、そこが後戻りできるかどうかのラインになる。

笠を舐める。ゆっくりと舌が動きはじめる。慣れていないようだ。それでも、初めての経験というわけでもなさそうだ。久しぶりのために、どうすればいいのかわからないといった雰囲気だ。思い出しながら舌を動かしているようだった。

笠の外周を舐める。笠全体をくちびるで覆う。笠と幹をつなぐ深い溝を覆うように、くちびるをあてがってくる。その間も、ゆっくりと皮をしごきつづけている。幹を舌先で突っつく。一分以上は血管や節に沿って突っついていた。彼女はそれを終えると、次に幹全体をつけ根のほうから笠に向かって舐め上げた。粘り気の低い唾液が幹を伝う。縮こまったふぐりには深い皺ができている。唾液はそこに流れ込み、陰部が唾液まみれになる。

「朋美さん、もっと深くまでくわえてくれるかい？　もっともっと、気持よくなりたいよ」

「気持いいのね、うれしい……。わたし、忘れていなかったみたい」

「それって、フェラチオの遣り方のこと？」

「わざわざ言うなんて、あん、いやらしい、椎名さん」

朋美が睨みつけるような眼差しで見つめてきた。

怒っている表情だったけれど、怒っているのではない。怒ったフリをして、親しみや慈しみを表しているのだ。

若い時にはわからなかった女性の機微だ。それを心に響かせる。じっくりと味わうために。ゆとりがあるからこそできることだ。これまでは機微がわかっても、味わうことまではできなかった。

着物の裾がめくれている。

白い足袋が妖艶だ。あらわになったふくらはぎがエロティックだ。洋服の時には、ふくらはぎを見ても何とも感じないのに、着物となるとまったく別の高ぶりに包まれる。

男の感じ方というのは、いかに漠然としているものかと思う。でも、そんないい加減さを慈しんでしまう。男というのはどこまでいっても、自分を肯定し、自分を可愛いと思いつづけるのだ。

朋美が顔を押し付けてきた。

額がベルトのバックルに当たる。パンツの中で縮こまっているふぐりが窮屈によじれる。粘度の低い唾液がパンツを濡らす。

笠が口の最深部に到達する。

最深部の肉の壁にぶつかった。いや、違う。ぶつかっているのではない。彼女は自分の意思で、笠をぶつけているのだ。

くちびるがめくれ返っている。ピンクの口紅はすっかり剝げ落ちていて、今は跡形もない。そのことにだけ気を取られているわけではなく、すぐに次のことに意識が向かう。

頰が膨らんだり凹んだりを繰り返す。彼女の美しい顔が変わる。頰が膨らむ時は眉間に皺が生まれ、凹む時には舌が左右に細かく動いて幹を弾いていく。指先での圧迫もつづいている。いくつもの刺激を加えてくる。しかも細かい変化をつけて。陰茎がいかに刺激に慣れやすいかということがわかっているかのようだ。

彼女が顔を上げた。額には細かい汗がびっしりと浮かんでいた。小休止のつもりだろうか。かれこれ、五分以上はくわえていた。

「朋美さんの口は、ぼくが気持よくなるところがすべてわかっているみたいだ……」

「わかりません、わたし。気持よくなってくれたらいいなって思いながら夢中でしていただけです」

「くちびるも舌も疲れたんじゃないかい？　無理しなくていいからね」

「平気です。もうちょっと、舐めさせてください」

「好きなのかな？」

「わからないけど、そうかもしれない。とにかく、初めてです、舐めるのが好きなんて思ったのは……」

朋美は瞼を二度三度としばたたかせながら囁いた。瞳の輝きが増していた。いつの間にか、白目が充血していた。目尻にはうっすらと滴が溜まっていた。それらはすべて性的な高ぶりによるものなのだった。

着物でなければ、全裸にしていただろう。少なくとも、ブラジャーとパンティだけにしているはずだ。残念ながら、着物だからそれができない。

天馬は、着物の女性を抱くのは初めてだった。不安がつきまとっていた。着物を汚したり皺くちゃにしてしまうのではないかと。

彼女のうっとりしている表情がいい。舐めることが悦びになっている顔だ。男の征服欲が満足していくのを感じる。彼女はそういうことまでわかっていて、そんな表情をしているのかもしれない。

「朋美さんの表情を眺めているだけでも欲情しそうだ」

「どうして？」

「男心をそそる顔なんだよ。そういうことって、たぶん、気づいていないんだろうね。ところで、ひさしぶりに男を味わった感想は？」

「あん、恥ずかしい」

「正直に言ってくれないと……」

「おいしい、すごく」

「それだけ？」

「やっぱり、もっともっと味わっていたいかしら。好きだったみたいだから。口も舌も疲れるけど、それが不快ではないから」

「好きなんだな、ほんとに……。ということは、呑んだこともありそうだね」

「好きと呑むことは、意味がまったく違います」

「未経験なの？」

「一度だけ」

彼女は恥ずかしそうに応えた。二度目を今夜、経験させるつもりはない。ふたりにとって初めての交わりなのだ。ごく普通につながって昇りたい。しかもできれば、ふたり同時にだ。

刺激を求めることを最優先させるなら、白い粘液を呑ませることもあるだろう。だが、天馬にその気はなかった。彼女の心のつながりを優先させていた。それでこそ、愉しいセックスになると思っていた。彼女の場合、男性とのつきあいが久しぶりだったから、怯えや不安を取り除きながらだった。

彼女はまた陰茎をくわえた。

深くくわえた後、幹を舐めはじめた。くわえずに舐める。くわえてもらいながら舐められる時とは違う感触だ。それもいい。新鮮な空気が常に幹を覆ってくるために、彼女の舌の感触も新鮮に感じられる。

彼女がまた笠をくわえる。細い指が幹に圧力を加えてくる。勢いよく皮を引き下ろす。しかも皮を下ろしたまま、数秒間じっとしている。痛みと気持よさが混じり合った刺激になる。そしてそれが絶頂につながる快感になっていく。

「ちょっと待って。朋美さん、ほんとに待って。このまま舐められてたらいっちゃうから」

「椎名さんがそうしたいなら、このままいってもいいの」

「だめです、初めてなんですから。ぼくは自分の欲望のことだけを考えている男じゃないんですからね」

「どうしたいんですか？」

「つながりたいんです」

「ああっ、そうだったのね……」

「立ってください、朋美さん」

天馬は名残惜しさを感じながら、彼女をうながした。こうでもしなければ、本当に彼女の口の中でいってしまいそうだった。立ち上がると、ズボンとパンツを自分で脱いだ。彼女も裾の乱れを直しながら立ち上がった。

「つながりたいよ、朋美さん」

「だったら今すぐに脱ぎますから、ちょっと待っていて」

「待てないよ……」

「無理言わないでください」

朋美は男の高ぶりをいさめるように穏やかな微笑を口元に湛《たた》えた。

理性が残っているから、彼女の意図を察することができる。だからといって、天馬はそこまで理性的な男ではなかった。

強引に着物の裾をめくった。

着崩れしていたから、太ももの中ほどまで上げられた。アキレス腱のあたりでコハゼが光っている。薄いピンクの襦袢が男の性欲を煽る。天馬は少し腰を引き気味にして、笠に溢れている透明な粘液が着物につかないように気をつける。

「時代小説で読んだことがありますよ、こういうのって、昆布巻きって言うんですよね」

「昆布巻きって、食べ物の？」

「江戸時代には、そんな言い方をしたことがあったようなんです」

昆布巻き。正確には、昆布巻き芸者と言った。花街の言葉だ。着物を脱がずにセックスする芸者のことである。その言葉は、帯を解かない恰好が昆布巻きに似ているところから生まれた。

朋美にはさすがに、そこまで詳しくは話せなかった。芸者という言葉も付けられなかった。そんなことを言って、万が一、気を悪くされたらせっかくの触れ合いが台無しになってしまうと思ったからだ。

裾をたくし上げる。

むっちりとした太ももがあらわになっていく。きめの細かい肌だ。しっとりと赤く染まっていく。恥ずかしそうに足を重ねたりくねらせたりしている。エロティックなだけではない。彼女のそんなしぐさが、美しい風情となって男の心に響いた。

お尻まで剝き出しにした。

ふっくらとしたお尻だ。何年も男の手が触れていない二十八歳のお尻。美しい曲線。お尻のあちこちに生えている産毛が明かりを浴びて黄金色に輝いている。

「朋美さん、窓を見てごらん」

「新宿の夜景……。今は味わっているゆとりがないわ」

「今のこの瞬間、このホテルを見上げている誰かが、朋美さんの淫らな姿を見ているんですよ」

「ああッ、意地悪……」

「見たい輩《やから》には、見せてあげましょうよ。ほら、もっと窓に寄ってお尻を押し付けてみて」

「あっ、だめ」

朋美は顔を真っ赤に染めながら横に振った。それとともにお尻も細かく震えた。本当にいやがっているのか、自分の羞恥心を愉しんでいるのか。どちらなのか、天馬にはよくわからなかった。

お尻がつくる深い谷間に陰茎をあてがった。彼女は前屈みになって、受け入れる体勢を整えた。

「早くきて、天馬さん。見られてもいいから……」

朋美は甲高い声を放つと、陰茎を迎え込むようにして腰を振った。彼女は無我夢中だ。天馬も同じだ。高ぶっていた。平静を装っていたけれど、余裕はまったくなかった。あらゆることが初めてだった。妻以外の女性のお尻の感触を味わうことも、着物姿の女性と触れ合うことも、仕事で知り合った女性と親密な関係になることも、会社で予約したホテルの部屋を個人的に利用することも……。

禁を犯していると思った。真面目なサラリーマンとしての領域を踏み越えたという実感があった。不安と期待が入り乱れた。だからこそ、頭の芯が痺れるくらいに興奮したし、激しく欲情もしていた。

天馬は視線をガラス窓のほうに向けた。驚いた。というのも、今しがたまで新宿の夜景が眺められたのに、今はまったく違っていたからだ。

ガラス窓には、着物の裾をたくしあげられた朋美の淫らな姿がくっきりと映り込んでいた。外の闇と部屋の明かるさによるものだ。

「朋美さん、見てごらん。君の姿が映っているから」

朋美が顔をあげた。前屈みになってお尻を突き出したまま、

「あっ、夜景が見えない……」

と、驚きをはらんだ呻き声を洩らした。それと同時に、陰茎を包み込んでいるお尻の谷が幅を狭めた。

陰茎を圧迫してくる。陰茎の挿入をねだってくる。外から見られるかもしれないという不安など忘れてしまったかのようだ。

上品な女性の大胆な行動は、男を奮い立たせるし、性欲を限界までたぎらせる。でも、男は自分の性欲のことだけを考えていてはいけない。恥じらいをかなぐり捨てる女性の気持を受け止めるのも男のすべきことなのだ。

「誰かに見られながら、ぼくたちは初めてつながるんですね」

「ううっ、信じられない。二年以上も経験していなかったわたしが、こんな大胆なことをするなんて……」

「望んでいたことでしょう？」

「ああっ、どうしよう。そうかもしれないけど、そうだって言いたくない。わたしが淫乱だってことが、天馬さんにわかっちゃう……」

「もっともっと知りたいなあ、朋美さんがどれだけエッチなことを考えているのかって」

「わたしばっかりなんて、狡い」

彼女は拗《す》ねた声を絞り出すと、ガラス窓に映った自分の淫らな姿を見つめた。呆然とした表情に、エッチな色が滲んでいた。前屈みの不安定な体勢を保つために、朋美はガラス窓に両手をついた。

天馬は陰茎をつけ根から摑んで水平に折り曲げた。先端の笠を、着物姿の割れ目にあてがった。うるみがほとばしり出てきた。彼女の心も軀も、男を迎え入れる準備がすっかりできていた。

「天馬さん、きて」

「早く入ってきて欲しいって、襞がヒクヒクしているよ」

「ああっ、嘘。わたし、そこまではしたない女じゃありません」

彼女は言いながら、帯留めを解いた。お香の甘い匂いに包まれる。

天馬はじっとしていた。割れ目を陰茎の先端で感じながら我慢をつづける。彼女は衣擦れの音を響かせながら帯を解いていく。

着物を脱ぐ。カーペット敷きの床に訪問着が広がる。白色の長襦袢。衿のピンクが艶めかしい。剝き出しになっているお尻は赤く染まったまま細かく揺れる。太ももは桜色。足袋の白色とふくらはぎの肌色が妖しい対比に感じられる。

「朋美さん、脱ぐのはそこまでにして欲しいんだけどな」

「どうして?」

「正直言うと、着物姿のあなたとつながりたいなって思ったんだ。初めてだから、こういうことって」

「ほんと? 経験豊富そうに見えるけど、天馬さんって」

「残念ながら、乏しいんです。たっぷりと経験のある男のほうがよかったということ?」

「ううん、違います。遊び人じゃなくてよかったと思いました」

「なぜぼくが、経験が豊かだと思ったのかな」

「落ちついているんだもの。焦っていなかったでしょ、言葉も手も」

「本当は心臓がドキドキしっぱなしだったし、指も震えていたんだよ。朋美さんに見抜かれないように気をつけていただけさ」

「ふふっ、正直」

「ぼくはそれが取《と》り柄《え》だと思っているから……。嘘をついてまで、自分をよく見せようなんて思わないようにしているんだ」

割れ目に陰茎の先端をあてがいながら、天馬は胸を張った。

男たるもの、正直であるべきだと思う。女性にも自分にも。そうは言うもののそんなに単純に、正直を貫ける世の中ではないともわかっている。現実は厳しい。でも、理想は持ちつづけていないと。

男と女の関係では特に正直でありたいと思う。嘘をつけばいつか、女性を悲しませることになる。それに嘘はつき通せるものではない。男は嘘に対して傲慢《ごうまん》だから、そのことがわかっていない。自分の嘘はつき通せると何の根拠もないのに考えて、しっぺ返しを喰らうのだ。

天馬は腰をゆっくりと突く。

割れ目に入る。ぬるぬるっとした感触に包まれる。めくれている厚い肉襞がひくつきながら、膨脹した幹にへばりついてくる。襞に勢いがあった。二十八歳という若さのためというより、女体そのものが悦んでいるようだ。二年ぶりの男性とのつながり。彼女はずっと待ち望んでいたのだ。

腰をさらに突き込む。

深く挿す。いっきにつけ根まで。先端が割れ目の最深部に当たる。その後すぐ、入口のあたりまで戻る。

彼女のお尻と自分の下腹部が当たっては離れる。くちゃくちゃっという粘っこい音が響いては静まる。ガラス窓についている彼女の指の関節が曲がっては伸びる。長襦袢の裾はずっと揺れつづける。彼女の軀から放たれている甘い匂いは濃さを増していく。

「朋美さん、すごく気持いいよ。二年ぶりだって言っていたけど、大丈夫かい？」

「ちょっと不安だったけど、たっぷり濡れていたから……。天馬さんのおかげ」

「感想はそれだけ？」

「セックスって、こんなに気持よかったかなあって思っていたの。わたしが知っているのと違う。ゆったりとしているのに激しいし、リラックスしているのにすごい快感があるの」

「軀の相性がよかったんじゃないかな。ぼくたち、幸運だったんだよ」

「ああっ、もっと強く突いて」

朋美は両手をガラス窓につけながら喘ぎ声を放った。膝を屈伸させて腰を突き上げる。そのほうが、腰だけの上下動よりも割れ目の奥のうねりが強い。陰茎の芯にまで響く快感が引き出される。

めくり上げていた長襦袢がはらりと落ちた。交わっているところが隠れた。襦袢が震えるように揺れる。見えないけれども、ふたりがつながっているのがわかる。せつないような苦しいような興奮。肉の交わりを直接見ている時とは違った妖しい高ぶりが生まれる。

「ああッ、わたし、立っていられない。天馬さん、ベッドに移って」

「新宿の人に、朋美さんのあられもない姿を見せてあげないと……」

「意地悪」

「長襦袢の奥におっぱいを隠しているつもりだろうけど、角度からいって、見えているんじゃないかな」

「まさか……。見えたとしても、高層階だから点くらいのはず。気にしないわ、わたし」

「望遠鏡で覗く趣味人がいるかもしれないよ」

「ほんとに意地悪、天馬さんって」

朋美は息を長く吐き出すと、厚い肉襞を絞った。陰茎のつけ根が締めつけられた。男の意地悪に対する彼女なりの可愛い仕返し。老舗旅館の若女将ではあるけれど、彼女は二十八歳の女性だった。わかっていたことだけれど、あらためて彼女に女としての愛らしさを感じた。

胸の奥のあたりがくすぐったくなった。慈しみにも似た深い愛情だ。不思議なことに、そうした感情が、陰茎を硬くする刺激になっていることに気づいた。若い時は、勃起は性的な快感によるものだったけれど、今この瞬間は、彼女への強い想いが勃起をうながしていた。

若い時の、性やセックスに対する好奇心の強さや情動の勢いは素晴らしいと思う。でも今のほうが奥行きがある。あの頃には戻りたくない。今のほうがずっとずっと、性やセックスを味わえるからだ。

天馬は陰茎を抜いた。彼女の肩を抱いて、窓に近いほうのツインのベッドに向かった。ドアに近いほうにしなかった特別の理由はない。ベッドからずり落ちても壁が気にならないと思ったくらいだ。

ふたりでシングルベッドに横になる。窮屈だけれど苦ではない。落ちそうになっても慌てない。共同作業をするように、気を遣いながら互いにスペースをつくっていく。

天馬は深呼吸をひとつした。

窓際での交わりのつづきをしたいと願っているのに、焦ってはいなかった。自分がこんなにもゆったりとしていることに驚いてもいた。

性的な情動とゆとりの調和がとれていた。年齢を重ねてきたおかげだろう。だから、朋美にいきなり襲いかかったりするような発想はうかばなかった。もう一度、愛撫からはじめてもかまわないと思った。

長襦袢の衿元から胸をはだける。

天馬は息を呑んだ。手の感触を頼りに思い描いたものより、実際の乳房のほうが豊かだった。

仰向けになっているのに、円錐の美しい形はわずかに崩れただけだ。乳輪の迫り上がりは見事で、はっきりとした段になっている。そのために乳首の存在感が増して、いちだんと大きく見えるのだ。しかもそれらが襦袢の奥で見え隠れしている。男の欲望が煽られるのは当然だ。

大きな乳房をゆっくりと揉む。激しくならない。ゆったりとした愛撫をしようと意識しているわけではない。あまりに豊かな乳房のために、ゆったりとした動きに自然となってしまうのだ。

「すごく大きいな。てのひらで覆いきれない乳房なんて初めてだ。何カップなんだい？」

「これでもGカップなんです。着物の時は潰しているから、大きいかどうかわからなかったでしょう？」

「もったいないな、こんなに見事なプロポーションなのに」

「ほかの人に見せたほうがいい？」

「まさか。できることなら、ぼくひとりで独占したいよ」

天馬は囁くと、吸い付くようにして乳首を口にふくんだ。

硬く尖った乳首だ。幹にいくつもの皺がある。迫り上がって段になっている乳輪が息づいている。それが上下するたびに、幹の皺が連動して細かく震える。

左の乳首を舌で転がしながら、右の乳房を揉みあげる。左右の乳首に同じような刺激を加える。左の乳首を軽く噛む時は、右の乳首を指先で軽く摘《つま》む。痛みが走ったと思ったら手加減をする。逆に言えば、痛みを感じるまで加減はしない。痛みと快楽は隣り合わせなのだ。

舌とくちびるを同時に絡める。ディープなキス。互いに唾液を呑み合う。言葉を交わしていないのに、互いの意思が伝わっている。だからこそ、快感が強くて深いのだろう。

唾液を呑むことも、キスすることも、ベッドから落ちないように気遣うことも、すべてが心地いい。

割れ目に指を這わす。厚い肉襞の奥から大きくなったクリトリスの先端が出ている。うるみが粘っこい。内側の薄い肉襞が波打つ。さらにその奥にある細かい襞が、奥へ奥へと誘う動きをする。

「ねえ、して、天馬さん」

朋美のねっとりとした眼差し。ほつれた髪が淫らだ。上気した顔。瞳を覆う潤みが濃くなっている。まばたきするたびに、潤みにさざ波が立ってエロティックに輝く。

彼女の足の間に入る。正常位の体勢だ。腰を操って、陰茎を割れ目にあてがう。手を遣わなくても、陰茎は自在だ。些細なことかもしれないけれど、そうしたことが男の心にゆとりを生んでくれる。

「不思議な出会いね、わたしたち」

「そうかな。ぼくたちは出会うべくして出会ったんじゃないかな。だからこそ、今ここにいるんです」

「偶然の積み重ねが、男と女を結びつけるって言えないかしら」

「そうじゃないと思います。偶然は最初だけで、その後は、結びつきたいという互いの強い想いのおかげじゃないかな」

「そうね。ああっ、素敵」

朋美はうっとりした声で囁いた。腰を突き出し、挿入をうながしてきた。シングルベッドが軋んだ。大胆だ。いや、感心することではないのかもしれない。彼女の業の深さが滲み出ているだけとも思った。

腰を押し込んでいく。

笠が入る。襞の塊を引き裂くように挿入を果たす。粘っこいうるみが温かい。彼女は鼻にかかった呻き声をあげる。全身が火照っている。触れ合っている肌が汗ばむ。

割れ目の最深部に到達すると、左右に腰を強く振る。よじるように。えぐるように。自分の恥骨を遣って、彼女のクリトリスを愛撫する。素早く。息遣いが荒くなるのがわかり、そうしたことがすべて確実に快感につながっているという手応えを感じる。

気持いい。快感はふたり同時に生まれている。天馬は深々と満足げなため息をついた。

挿入して激しく動くのは、朋美のためであり、自分のためなのだ。だからこそ、腰を突くことが悦びになるし、セックスの醍醐味にもなる。

汗が滲む。長襦袢の内側の肌襦袢が吸い取ってくれる。割れ目の奥からはうるみが噴き出している。肌襦袢はぐっしょりと濡れている。

「もうだめ、わたし」

「うん？　どうした？」

「天馬さんって、口惜しいくらいに冷静なのね。わたしなんて、何度もいっちゃっているのに」

「ほんと？」

天馬は訊いているうちに、自分も絶頂が近いと感じた。気が緩んだ。彼女が何度もいっているとわかったから。自分が昇ったとしても、彼女に不満をもたれることはない。

男にとって、抱いている女性を昇らせることは責務と考えがちだ。天馬もそうだった。もちろん、長い間つきあっている関係なら、そんなことはさほど重要ではない。でも、出会って間もない場合は、どちらが先に絶頂を迎えるかが重要になる。

「いきそうだ、朋美さん。一緒にいけるかな」

「ああっ、すごい。初めてなのに、一緒にいけるなんて……」

「一緒に。ねっ、いくよ」

天馬は腰を突いた。彼女の両肩を抱きしめた。胸板で豊かな乳房を圧迫した。太ももを重ね、足の指まで絡めた。肌の触れている面積をできる限り広げた。一体感が増した。

絶頂は近い。

朋美の喘ぎ声が部屋に響く。陰茎のつけ根が痺れる。いきたい。もうすぐだ。だけど、いくのがもったいない。この一体感をもっと長く味わっていたい。

午前零時過ぎ。

天馬はまだホテルにいた。朋美に引き止められたからではない。天馬の欲の深さが原因だった。

肌襦袢姿で交わりながら絶頂まで昇った。気持よかった。十分に満足した。でも、すぐに胸の裡に不満が募った。朋美の全裸の姿を見ていないではないかと。

明日からはじまる「加賀百万石うまいもの展」に備えて早く帰って寝たほうがいいと思った。理性ではわかっていたけれど、彼女の全裸姿を見たいという情熱が勝ったのだ。

天馬は今、バスジェルを入れて泡だらけになったバスタブに浸かっている。朋美はすぐ隣のガラス張りのシャワーブースの中だ。

彼女は背中を向けている。

肌は透明感に満ちていた。二十八歳の肌は湯を弾いている。キメが細かくてぬめりを湛えているようだ。見ている瞳が吸い付けられる。それが心地いい。もちろんのその視線は、背中だけにとどまらない。太ももやお尻、そしてその谷間に向かう。

朋美がシャワーブースから出てきた。照れ笑いを浮かべながら、バスタブに入る。視線を気にして、割れ目を隠して足を運ぶ。

女性らしいしぐさに、泡の中の陰茎が刺激を受ける。一度すでに絶頂に昇ってから、三十分程度しか経っていないのに勢いよく勃起する。芯から硬くなる。彼女に気づかれないように触れてみる。確かな勃起だ。

ふたりは向かい合う。

泡が溢れそうになる。豊かな乳房を隠すどころではない。両肩はもちろんのこと、理知的な尖った顎にまで達している。

「天馬さん、シャワーを浴びるだけって言っていたのに……。こんなに長居して大丈夫なんですか？　もう零時を過ぎてますよ」

「そんな時間？　どうしようかな、まだ帰りたくないな。男というのは、それがわかっていてもできないんだよ。意志が弱くてダメなんだよなあ、男って」

「男の人ではなくて、天馬さんの意志が弱いんでしょ？」

「ははっ、そうかも……」

親しみのこもったやりとりがバスタブの中でつづく。天馬がやりこめることは少ない。彼女にやりこめられてばかりいる。早く帰ったほうがいいのはわかっているけれど、性欲がそれを拒んでいるのだ。

「それじゃ、朋美さんに洗ってもらったら帰ろうかな」

「そんなゆとりないでしょ？　早く支度しないと……。お宅の石鹸と違う匂いをさせて帰ったら、大変なことになるんじゃないですか？」

「鋭いなあ、君って。ありがたいけど、心配しなくてもいいよ」

「どうして？　まさか、奥さんとは別居中だなんておっしゃるんではないですよね。そんな見えすいたことは言わないでくださいね」

「そうだね、言わないでおこう。でも、ひと言だけいいかな。匂いに敏感かどうかわからないけど、ぼくに対しては鈍感だな。それだけははっきりしているから安心なんだ」

彼女は小首を傾げただけで何も応えなかった。

大人の女の対応と言うべきか。妻子のある男とのつきあいの経験があるのかもしれない。どこまでの会話をしたら大丈夫か、どこから先に進んだら傷ついてしまうか。そういったことがわかっているようだ。

「こんなになっているんだ。すぐには帰れないんだよ」

天馬は素直に言った。そして彼女の手首を握り、股間に導いた。

泡の中だ。手首も陰茎も輪郭さえ見えない。でも、そのふたつは息づいている。確かにふたつは互いを求めている。

ゆっくりとしごきはじめる。張りつめた皮を指の腹が滑る。圧迫しながらつけ根に向かって引き下ろす。縮こまったふぐりを突っつく。その後すぐ、笠の外周を撫でる。彼女は前屈みになって、二度三度と陰茎への愛撫を繰り返す。

絶頂を一度迎えた軀に、ねっとりした愛撫が染み入ってくる。勃起は強まる。絶頂の名残が芯に残っているものの、時間とともにゆっくりと消えていく。痺れは快感に代わり、疲れは次の絶頂に向かう情動に埋没していく。

「お風呂の中で触ってもらうっていうのは、また格別なものだね」

「なんだか、しらじらしいなあ。味わったことがないみたいな言い方して」

「ほんとに初めてだよ」

「天馬さん、無理しないの。いい齢なんだから、いろいろなことを経験してきているはずでしょ？　そういうことを否定したらいけないわ。これまでつきあってきた女性がかわいそう……」

「朋美さんって、すごく話がわかるんだね。だけど、残念でした。ぼくは君が想像するほどの遊び人ではありませんから」

「ほんと？　まあ、そこまで言い張るならそれでもいいわ」

「初めてばかりだから新鮮に感じるんだよ。それに、思い浮かんだことをやってみたいと思うんだ。だから帰れないんだよ」

「欲張り」

「違うな、それは。我慢強いほうではない子と言って欲しいな」

「わかりました。ふふっ、天馬さんは、我慢できないお子ちゃまね」

「シャワーブースで軀を洗って欲しいな。それをぼくは今、我慢できないよ」

天馬は立ち上がった。

バスジェルの泡を飛ばすように陰茎がつけ根から大きく跳ねた。一度白い樹液を放った影響はまったく感じられなかった。

彼女もつづいて立ち上がる。

見事なプロポーションだ。泡に隠れている部分が多いことで、彼女の見事さが逆に浮き彫りになる。

泡は乳首を覆っている。乳房がつくる深い谷間も。陰毛の茂みから割れ目を隠している。泡はぬめりに富んだ肌を滑り落ちていく。女体が少しずつあらわになる。大人のエロスとはこういうものだと教えられている気になる。

シャワーブースに入った。彼女も後につづいた。背中を向けていると、彼女がシャワーヘッドを摑んだ。湯の温度を確かめると、背中に乳房を押し付けてきた。泡にまみれている下腹部と陰毛までくっつけてきた。

背中で彼女が踊っている。

天馬はふっと思った。踊らせるだけの甲斐性があったのかと。すぐに、男として成長したおかげだと思ったりする。性的な快楽に、男としての自己満足が加わったり消えたりする。そうしたいくつもの錯綜《さくそう》が、面白くて痛快だ。

いい女と風呂に入らなければわからない痛快さだった。不安に負けずに経験してよかった。男たるもの、迷ったらやることだ。人生は短い。経験できることは限られている。だからこそ、経験できることはやるべきなのだ。

シャワーをうなじのあたりにかけてくれる。ゆっくりと。湯の勢いも温度もちょうどいい。てのひらでさすってくれる。やさしく触っているだけなのに、うっとりするくらいに気持のいいマッサージになっている。天馬は両手をタイルの壁につけて、彼女の手を味わう。

彼女の手はタオルであり、スポンジだった。そして癒しのマッサージ機にもなっていた。

彼女が左手を伸ばして、陰茎を握ってきた。ゆっくりとしごきはじめる。それだけにとどまらずに、彼女は右手で持っているシャワーを陰部に向けてきた。

水流は陰部に注がれる。

笠の細い切れ込みに、一条の水流が当たる。しごくたびに陰茎は動いて、水流が外れる。それがじれったい。彼女はその感覚がわかっているかのように、シャワーを当てつづける。天馬は腰を細かく動かして水流を追う。当たると腰が砕けそうになるくらいの快楽が生まれる。求めているからだ。与えられた快楽ではない。自分が望んで求めた快楽は、たとえ小さかったとしても、強く大きく感じるものなのだ。

同じことをやってあげたい。天馬がそう思ったのは当然だ。性欲が満ちていたから。性的な好奇心も全身に満ちていたから。

彼女と立場を逆にする。今度は天馬がシャワーヘッドを握り、彼女の背後に立つ。水流を陰部に当てる。乳房の代わりに、屹立している陰茎を彼女のお尻の谷間にあてがう。

腰を落とし気味にしながら、陰茎を上下させる。その間も、左の指は割れ目に触れている。

クリトリスを探る。彼女の鼻にかかった息遣いがあがる。シャワーの流れる音に負けないくらいの大きさになっていく。

クリトリスがどこにあるのか見極めがつけられた。割れ目の端。少し奥まっている。肉襞が隠している。シャワーの水流の勢いを借りて、肉襞をめくっていく。うるみは流れてしまう。左の指の腹で撫でる。うるみのないクリトリスを愛撫されて、朋美ははたして気持がいいのか。天馬にはわからないし、訊くわけにもいかない。

うるみが次から次へと溢れてくることは確かに感じられる。だから、きっと気持いいに違いない。女体の神秘をまたひとつ垣間見たようだ。

「シャワーに当たっている襞が、ぶるぶるって震えているよ。気持よさそうじゃないか」

「卑猥な言い方。ああん、意地悪なんだから、天馬さん」

「こんなにきれいな女性も、びらびらさせているのかと思ったら、すごく興奮してくるな」

「いやん、ほんとに意地悪」

彼女の膝ががくがくと揺れる。そのたびに、クリトリスを強く圧迫したり、割れ目の奥に指を突っ込んでしまう。彼女はいやがらない。思いがけない刺激を楽しんでいるようでもある。

「天馬さんが意地悪でなかったら、もっと気持がいいのに」

「たまにはいいでしょう、意地の悪い言葉も……。明日になったら、こんな言葉、耳にできなくなるかもしれないですからね」

「明日のうまいもの展、大変なことになりそうなの？」

「ひと言で表すなら、戦場かな。お客さんがいっぱいになっても戦場、閑古鳥《かんこどり》が鳴いても戦場」

「どうせなら、お客さんにたくさん来てもらったほうがいいですね」

「君は、あげまんかい？」

「どういう意味、それって」

「伊丹十三が監督をした『あげまん』という映画、覚えていない？　つきあった男を幸福にするっていう女の話だったかな」

「だったら、わたし、あげまんかしら」

「よかった……。さげまんだったら、どうしようと思ってドキドキしちゃったよ。ぼくも君と同じ。あげちんなんだ」

「そんな言葉あるの？」

「あげまんと女性のことを呼ぶなら、男性はあげちんでしょう」

「ふたりとも、いい具合なら、うまいもの展は絶対に成功よ」

「朋美さんの幸運に乗れたみたいだから、安心だな。そうだ、もうちょっと、ここにいようかな」

彼女は笑顔でうなずいた。

絶頂の時に味わったものとは別の一体感が胸に満ちた。

話すことでもつながりが味わえた。躯をつなげることはさらにスリリングで愉しい。そのふたつを同時に味わえたらどうか。話しながら交わる。それが自然にできたら、最高に気持いいつながりになる。

天馬は腰を下ろして、彼女の足の間に入った。股間に顔を寄せる。そこまでの動きで、彼女は何を求められているのか察する。

足を開いて、割れ目を晒す。舐める。クリトリスごと、肉襞を。唾液を塗り込む。うるみを味わう。くちゃくちゃと濁った音をあげる。うるみは無味無臭だ。シャワーを浴びたからだろうか。

舌先でクリトリスを突っつく。そうしながら、シャワーを割れ目に当てる。自分の顔にも水滴が跳ねてくる。それでも気にせずに、お湯をぶつける。すごいことをしているぞ。咄嗟に浮かんだ好奇心だ。想像したものよりも苦しいし、快感も少なかった。でも、それができたことがうれしい。それを受け止めてくれる女性と出会ったこともうれしい。

彼女のことを知れば知るほど、出会えたことを幸運に思う。

男には必ず、出会うべくして出会う女性がいると思う。そんな時、どうするかだ。気づかないまま通り過ぎてしまうか。気づいても、何もできないまま別れてしまうか。男としての勇気を振り絞って、つきあいを深める努力をするか……。

天馬は勇気を出した。だからこそ、今がある。それを彼だけでなく、彼女もわかっている。強引に誘った彼の勇気を讃えたい。出会いとは、つまり、ふたりにとって幸運なのだ。どちらか一方にとっての幸運ということはあり得ない。

「ああっ、どうしよう、わたし、また欲しくなってきたみたい」

「みたいってことは、自分ではよくわからないのかい？」

「どうしてそんなに意地悪なの？」

「はっきりと言葉にして欲しいからだよ。何を欲しているのかを。ぼくだけが勝手に望んでいるんじゃないってことを……」

「あなたが欲しいの。奥まで貫いて欲しい……」

「ぼくもそうしたかったんだ。それをしないで、帰れるわけがない」

「さあ、きて」

「ここでいいのかい？」

「ここと、ベッドで」

「欲張りすぎないか。二ヵ所でなんて軀がもたないかも」

「冗談。わたしだって無理。明日があるんだもの」

「だったら、どこで」

「我慢できないの、わたし。だからいいでしょ？　ねっ、ここで、ちょっとだけ。最後はベッドでいただけますか」

「そういうことならあげましょう」

天馬は立ち上がった。

シャワーブースでつながるなら、後ろからだ。しかも、シャワーを彼女にあてながらがいい。三十八歳にして、こんな刺激的なことができるなんて。

「朋美さん、後ろを向いて。それからお尻を突き出して」

「いやらしい恰好……」

「きれいだよ、とっても。艶やかなお尻だ。ウエストのくびれのラインは芸術的だよ」

「ああ、早くきて。いただきたいの、あなたの逞しいものを」

朋美は突き出したお尻を左右に大きく振った。腰にできた窪みに溜まったお湯が流れ落ちていった。

白い肌が火照りとシャワーで赤く染まっている。彼女の高ぶりが伝わってくる。割れ目に指を這わせる。うるみが満ちていた。湯ではない。挿入を待っている熟れた割れ目が待っている。

タイルの壁に両手をつけたまま、朋美は下半身を左右に振った。

ふっくらとしたお尻の曲線に沿って、シャワーの滴が滑り落ちる。朱色に染まった肌は、オイルを塗り込んだようにぬめっている。火照りと汗と性的な高ぶりが、彼女の肌質さえも変えたらしい。

「お願いだから、焦らさないで。わたし、我慢できない……」

朋美は首をひねって視線を送ってくる。白目まで朱色だ。ねっとりとした眼差しに、男の欲望が激しく刺激を受ける。いやらしい目つきだ。これは流し目？目で誘っている？　いや、目だけではない。彼女の肌もお尻も割れ目も息遣いもため息も、男の性欲を誘っている。

天馬は腰を落とし気味にする。陰茎をお尻にあてがう。湯の滴が陰茎の幹をつたう。それは陰毛の茂みを濡らした後、太腿の内側に沿って落ちていく。

「思い切り、突いて。奥までいらしてください」

彼女のうわずった声がシャワーブースに響いた。朋美の肢体がくねった。お尻の左右の丘がひくついて、割れ目の奥に導く動きをはじめた。

もうこれ以上は我慢できない。

天馬は息を詰めると、腰を勢いよく突き込んだ。いっきに奥まで。味わうつもりでいたけれど、そんなゆとりはまったくなかった。

割れ目の外側の厚い肉襞が、陰茎のつけ根を引き締めてくる。奥のほうでは幹全体を圧迫する。最深部では細かい襞がうねる。笠をくるみながらうごめく。シャワーの湯が割れ目に集まっているのに、うるみは粘っこい。腰を突き込むたびに、くちゅくちゅっという濁った音があがる。それは小さな音だけれど、シャワーの飛沫の音には紛《まぎ》れない。

「ああっ、すごい……」

「奥のほうが熱くなってますよ」

「そんなこと、言わないで、天馬さん、恥ずかしい、わたし」

「気持がいい、朋美さん」

「うれしい……」

「大丈夫？」

「えっ」

「久しぶりだって言っていたから、違和感とか痛みとかがないかなって少し心配だったんです」

「平気みたい」

「よかった。これで思いきり、朋美さんの中で暴れられそうだ」

「遠慮していたんですか？　いや、そんなの……。天馬さんに気持よくなってもらわないと、わたし、うれしくありません」

彼女は頭を左右に振った。着物姿に合わせてアップにまとめた髪がわずかにほつれる。濡れた肌に、ほつれ毛が張りつく。

彼女は上体をくの字に折った。

いやらしい恰好だ。腰の張り具合が強調されている。ウエストのくびれのラインとの対比も素晴らしい。女体には清潔感も漂っている。それなのに淫靡なのだ。だからこそ、見事だと思う。おかげで次から次に、性的なアイデアが浮かんでくる。

シャワーの湯の勢いをさらに強くした。もちろん、彼女とつながったままで。割れ目に湯を当てる。クリトリスに当たるように、何度も水流の角度を変えていく。陰毛は湯の勢いになぎ倒される。厚い肉襞はめくれ返ったままブルブルと揺れる。

「だめ、ああっ、だめよ」

「どうして」

「当たるの、シャワーが当たるの。だめ、いっちゃうから。ここでは、わたし、いきたくない」

「我慢できるのかい？　それなら、ベッドに行こうよ」

「本当はここでもベッドでもしたいんだけど、天馬さんが無理だって言ったから……」

「そういうことをはっきり言われるっていうのは、男としては辛いなあ」

「どうして？」

「自尊心を傷つけられるんだよね。若い時は二度どころか、三度だって四度だってできたんだから」

「でも、齢を重ねたことで、若い時にはできなかったことができるようになったんじゃないかしら」

「朋美さんの言うとおり。性欲に負けない心ができたかな」

「どういうこと？」

「若い時って、自分の性欲のことだけしか考えていなかった気がするんだ。相手のことは二の次。自分が気持よくなることを優先的に考えていた気がするな」

「今は違うんですね」

「少しは味わえるようになったと思うよ。今だってそうだ。つながっているのに、話しているだろ？」

天馬は言い終わると、自分の言葉に納得してうなずいた。

確かにそうだ。セックスを味わえるようになっている。今までは、挿入してしまうと、割れ目に個性があることも、気持よさの感覚も考えなかった。陰茎を動かすことに一生懸命になっていた。いくために。ただそれだけのために、無我夢中になって腰を突き込んでいた。

今は味わえる。朋美の割れ目の外側を守っている厚い肉襞の締めつけ具合も、割れ目の奥の細かい襞のうねり方も。陰茎を突くたびに、上体を右に左にずらして逃げようとすることも。すべてが朋美なのだ。だからこそすべてが愛おしい。

シャワーを止めた。

静けさが戻った。

ふたりの息遣いだけになった。

セックスを味わえるゆとりが生まれたからこそ、ベッドに向かうことができるのだ。今までなら、性欲の勢いに負けて、シャワーブースで昇っていたはずだ。彼女のほうがいち早くブースを出た。バスタオルとローブを渡してくれた。彼女はバスローブをまとうとベッドに向かった。

天馬は彼女の後ろ姿を見送りながら、裸のまま歩いていかないのがいいと思った。もしも妻だったら、バスローブを手にすることはなかったはずだ。陰毛を晒して歩いていただろう。それを、くだけた雰囲気でいいとは思わない。女性にはどんなことがあっても上品さを漂わせつづけて欲しいと思うからだ。

ベッドにふたりで入った。

バスローブは脱いだ。明かりを落とし気味にした。彼女はアップにしていた髪を解いた。掛け布団の中に湯の匂いが満ちた。

彼女への親密感が増している。言葉遣いを気にしなくてもいいかなと思う。くだけた口調。今の彼女ならそれを受け入れてくれるはずだ。

「髪、長かったんだね」

「長い髪、好きですか?」

「大好きだよ。女らしさをすごく感じるからね。もっと伸ばしてもいいんじゃないかな。若い時だけなんだからね、髪を長くできるのは」

「今の髪形は気に入りませんか?」

「ううん、そんなことないよ。似合っている。アップにしている時とは別人だと思っていたんだ」

「どっちがいいですか?」

「どっちも好きだな。アップにした時は、仕事をバリバリこなす若女将。今はひとりの女。ベッドに入った時は、髪を解いた姿でいて欲しいかな」

「いってくれなかったのは、髪形が気に入らなかったからなんですか？」

「ははっ、考えすぎだよ」

朋美はさすがだ。頭の回転が速い。髪を解いた姿のほうがいいと言っただけなのに、それをシャワーブースで絶頂まで昇らなかった原因と結びつけたのだ。他人への気遣いを仕事にしてきた彼女だからこその考え方かもしれないけれど、男にとってはうれしいものだ。しかも、他人行儀なところがないから快適だ。

朋美と目を合わせた。

彼女はくすくすっと小さな笑い声を洩らした。その後何も言わずに、掛け布団の中に潜り込んだ。

照れていたのだ。フェラチオをすることへの照れ隠しの笑い。そんな彼女の初々しさが、三十八歳の男にとってはうれしかった。

久しぶりに恋しいという想いを感じた。この想いは純粋だ。天馬は自分の純粋さに浸る。不倫という下世話な言葉で片づけられたくないと思う。これは浮気することへの理論武装ではない。朋美への恋しさに、胸がときめいているのだ。

陰茎が握られた。強く。てのひらで圧迫される。先端の笠の外周をゆっくりと舐められる。笠の端を吸われる。その間も、指先で幹をきつく掴まれつづける。小さな痛みと大きな快感に酔う。

「すごく好きだよ」

天馬は声を投げた。うごめいている掛け布団が一瞬止まった。湿り気に満ちた息が陰毛に吹きかかってきた。

「天馬さんって、舐められ好きだったんですか？」

「どうして？」

「だって、今言ったでしょ。『すごく好き』だって」

「ははっ、言ったね、確かに。掛け布団の中に入っていても、ぼくの声は聞こえるんだ」

「当然です、こんなに薄い掛け布団なんですから」

「好きというのは、朋美さんを、という意味だったんだ」

彼女は掛け布団の奥から這い出てきた。朱色に染まった頬が輝いていた。瞳が放つ光は悦びに満ちているようだった。

妻以外の女性に初めて伝えた言葉だ。口にすることに心理的な抵抗があったけれど、言わずにはいられなかった。

「好きっていう言葉、わたし、大好きです」

「なかなか言えない言葉だよね」

「いいんですか、言っちゃって。わたし、本気にしますよ」

「そうだね」

天馬は曖昧に応えた。本気にして欲しいという真剣な気持と、本気になられたらマズイという既婚者の狡さが脳裡を巡っていた。

「困ってる、天馬さん。冗談ですから、心配しないで……」

「困ってなんていないよ。ぼくの言葉はすべて本気なんだから。冗談として受け取られたくないな」

「無理しないでください。今この瞬間を愉しむことが大切でしょ？　違いますか？」

「そのとおりだよ。だけど、遊びではない。真剣だってことをわかって欲しいんだ、朋美さんには」

「理解しているつもりです。わたし、東京に来て開放的な気持になっているから、誘いに応じたんじゃありません。あなたのことが好きだったから」

「ふたりとも同じ気持だったわけだ」

「だからこそ、こうなったんです。どちらか一方が好きなだけでは、こんなふうに裸で抱き合ったりしていません」

彼女の言うとおりだ。好きという想いを告げたからといって、ひるむことはない。お互いの心がつながっていたのだから。今はひとりの男とひとりの女なのだ。欲望をぶつけあい、互いを求め合おう。それがふたりにとっての充実になるのだ。

朋美を仰向けにした。陰茎をくわえてもらっている時間が短かったけれど、自分の快感を求める以上に、彼女を求めたかった。

乳房を揉む。巨乳だ。張りと弾力がある。シャワーブースにいる時よりは、やわらかみが増している気がする。愛撫に慣れて緊張が解けたのか、愛撫を味わう体勢になっているからなのか。

乳首を口にふくむ。

尖った乳首は舌の上で跳ねる。乳房が揺れているからだと頭では理解しているけれど、舌の実感では、乳首自体が踊っているように思える。

陰部に手を伸ばす。愛撫らしい愛撫はしていないのに、うるみに満ちている。

クリトリスは肥大していた。愛撫を受けやすくするためなのか、それ以前に、目立って見つけられやすくするためなのかもしれない。

乳房も乳首もクリトリスも肉襞もうるみも、男を欲しがっていた。天馬にはそう思えた。だからこそ、彼女が欲しいと思ったし、彼女を自分のものにしたいと強く願った。

彼女の足の間に入る。正常位だ。ベッドでの最初の交わりはこの体位がいい。恋しい女との密着度を高めたかった。

「初めてセックスした時みたいにドキドキしているよ」

「わたしも同じです……。天馬さんはいつだったんですか？」

「いつって」

「初体験」

「大学一年の夏休みだったな。喫茶店でアルバイトしていた時に出会った子だよ。もう二十年も前のことになるなあ」

「ふふっ、面白い」

「昔話はいいって。それよりも、今は朋美が欲しいんだ」

「あん、呼び捨て……」

「だめかい？」

「ううん、軀が痺《しび》れました、うれしくって……。もう一度、呼んで」

「朋美、好きだよ」

「ああっ、素敵」

彼女がしがみついてきた。腰を上下に揺らしながら、陰茎をねだる。無我夢中。もちろん、目を閉じている。熱気に満ちていて、全身が火の玉のように赤く染まっている。

彼女は本気だ。逃げてはいけない。いくら既婚者であっても、彼女の今この瞬間の本気と向き合うべきなのだ。

「どうしよう、わたし。短い間に、こんなに好きになっちゃうなんて」

「ぼくだって信じられないよ。それだけじゃない。この胸の中に、征服欲だとか独占欲が、信じられないくらいに膨らんできているんだ」

「うれしい……」

彼女は開いた足を上げて、陰部を合わせてきた。淫らな姿。でも、彼女の真実の心の姿だ。いやらしい恰好《かっこう》だけれど美しい。

陰茎を割れ目にあてがう。

肉襞がひくつく。彼女の息遣いが荒くなる。乳房から熱気が噴き出してくる。うるみが溢れる。生々しい匂いに包まれる。

天馬は腰を突いた。

シャワーブースの時のようなゆとりはなかった。ひとつになっても、快感を味わえなかった。でも、心は快感に浸っていた。

「ううっ、おっきい」

「朋美とひとつだ。好きな女とひとつなんだ」

「あなたの言葉だけでも、わたし、いっちゃいそう」

「いく時は一緒だよ。先にひとりでいったらダメだから」

「だったら、ねえ、もうすぐなの、もうすぐなの……」

「いきそうなのか」

「はい。きて、天馬さん。ああ、きて、あなた」

彼女のうわずった声が部屋に響き渡る。絶頂は近い。挿入してまだ数分しか経っていないのに。

割れ目に挿しては引く。突いて抜く。繰り返しのようでいて、ひとつとして同じ動きはない。割れ目も肉襞も鋭く反応する。

「もうだめ、いくわ、天馬さん。いきます、きて、あなた」

「朋美、一緒だぞ」

「お願い、早くきて」

「よし、今だ」

「ああっ、すごい。あっ、いくっ、いくっ」

朋美が全身を硬直させた。天馬もつづいた。絶頂だ。ふたり同時に昇っていく。素晴らしい快感だ。

この女とは長いつきあいになる。うっとりしながら、天馬はふっとそんなことを思った。

第三章　女の性の深みを味わう

陽光が澄んでいる。

冬の穏やかな午後。すがすがしいほどによく晴れている。寒いけど、こんな陽気の日は誰もが外出したくなるのだろう。幸いにも、デパートは開店から混んでいた。

最上階で開催している「加賀百万石うまいもの展」を目当てにしている客が多い。成功だ。この催事を企画してきた天馬にとっては納得のにぎわいだ。

催事場にいるべき天馬は今、広尾を歩いている。

午後三時の約束。最高級の越前ガニ四杯を持参している。次の催事のためではない。同期入社の吉田弘之《よしだひろゆき》に頼まれたからだ。

吉田は外商部に所属している。今日はどうしても外せない用件があって、顧客リストの上位ランク者に急きょ依頼された越前ガニの配達の対応ができないということだった。天馬は彼の代役だ。

デパートにとっての上顧客は、一般的には年間百万円以上の買い物をする客だ。さらにその上には、プラチナ会員と呼ばれる顧客が存在している。年間三百万以上の上得意。個人でこの額の買い物をする人は少ないけれど、それでも存在している。

東京は本当に金持が多い。これから訪ねる富岡信一《とみおかしんいち》氏は、外資系の投資会社の役員をしているということだった。もちろん、プラチナ会員。年間四百万近くを売り上げている。外商部のデータによると、富岡氏の年収は八千万強。その年収で四百万をひとつのデパートで遣うことができるものかどうか。天馬にはわからない。とにかく、金持であることは間違いない。

地下鉄広尾駅から徒歩六分。有栖川宮記念公園の緑が間近に眺められる高級マンションのエントランスに入る。警備員がいた。それだけでも驚きなのに、オートロックの自動ドアの向こう側には、コンシェルジュの女性がふたりいた。管理人ではない。タクシーの手配やクリーニングの受け渡しといった生活の細々したことをやってくれる女性たち。超がつく高級マンションにしかいない。

眼光鋭い警備員の視線を気にしながら、天馬は701号室を呼ぶ。女性の落ち着いた声。用件を伝えるとすぐに自動ドアが開いた。受付カウンターで陣取っているコンシェルジュの女性の目を感じながら、エレベーターホールに向かう。

七階に上がり、エレベーターを降りた。長い廊下を歩くのだろうとイメージしていたけれど、天馬のそんな想像はあっさりと裏切られた。

ドアは701号室ひとつだけだった。ということは部屋も一戸。ペントハウスだ。二、三億円はくだらないんだろうなと思ったところで、あまりに自分の生活とかけ離れていることに気づいて、金額を考えるのをやめた。

チャイムを押す。お手伝いさんが応対に出てくるのだろうと思いながら、ドアが開くのを待つ。適度な緊張。初対面だからというより、金持の家のドアの向こう側を垣間見られるという野次馬根性からだ。

「どうもすみません。わざわざ、ありがとうございます」

ドアが開いた途端、三十代半ばの女性が頭を下げた。

美人だ。肌は透き通るくらいに白い。長い髪は縦にロールしている。それなのに大げさな髪形に感じられない。ジャケットは高級ブランド。胸元にロゴの刺繍が小さく入っている。こんな女性がお手伝いか？　そこでようやく、天馬は間違いに気づいた。富岡信一氏の奥方だ。

「奥様、遅くなって申し訳ありません。ご所望の品、お持ちしました。本来ならば担当の吉田が持参すべきでしたが、どうしても外せない所用がありまして、わたくしが代役として参りました」

天馬は言う。丁寧な言葉遣いをするように、吉田にきつく言われていたからだ。外商部ではここまで精神的にへりくだるものかと思う。つまり、ここまでしないと上顧客は満足しないということだ。普通に考えたら、ものすごく威張っている客ということになる。

デパートに勤めて十六年。不快感を顔に出さないというトレーニングはできている。だから意識して努めなくても、にこやかな表情をつくっていられる。今ここでは個人的な感情に左右されるべきではない。ビジネスなのだ。それくらいのことはわかっている。

「どうぞ、お入りになって。せっかく届けてくださったんですから」

やさしい声音で、声を投げてくれた。気さくな言い方だった。金持全員が高慢で偉そうな態度に終始しているわけではないという好例だと思う。皮肉めいた見方をしていると感じながら、天馬は玄関に入る。

部屋には甘い香りが満ちている。彼女が動くたびに、うっとりする匂いが広がる。長い髪に香水をつけているようだ。化粧も完璧。不思議なことに、奥方は気さくな雰囲気を漂わせている。

三十畳以上はありそうなリビングルームに入る。広大だ。部屋を表現する時に遣う言葉ではないとわかっているのにそんな言い方がしっくりとくる。午後の陽射しに包まれている。眩しいくらいに明るい。

ソファの端に腰を下ろす。十五人は坐れそうなソファだ。彼女はひとり掛けの椅子に坐る。ローテーブルに持参した越前ガニを置く。

「最高級のものを厳選して参りました。どうもありがとうございます」

天馬は腰を浮かし気味にして頭を下げた。こういう時、現金のやりとりはない。受け取りのサインをもらうだけだ。

彼女は値段を確かめずにサインする。三十半ばのはずなのに、指は二十代にしか見えない。肌には張りも艶もある。爪の手入れは行き届いていて、薄いピンクのマニキュアが若々しい印象を与える。

ストッキングを穿いていた。天馬は目ざとかった。一瞬しか見なかったのに、スカートの太ももあたりに凹凸があることに気づいた。

ガーターベルトでストッキングを吊っていたのだ。それでいて、いやらしさだとか下品さといった雰囲気はない。男を誘惑するための小道具ではないようだ。

やはり、金持の女性は違う。些細なことなのに、感心してしまう。

名刺を渡して、催事専門の部署にいると自己紹介した。年下の彼女に対して、自分がずいぶんとへりくだっていると感じる。それがいやだ。いくら相手が上顧客であっても、心の中では対等でありたいと思う。いいものを提供しているのだから。満足のいくものを努力して仕入れてきているのだから。

「口数が少ないんですね、椎名さんって」

「外商部の吉田の代理なので、少し戸惑っているんです。お客様とご自宅でお話しするなんてことはなかったことですから」

「お時間、あります？」

「何かまだ用事がございますか」

「少しお話ししてくださらない？　それともお忙しい？」

「今日が催事の最終日なんです。お客様のご利用がどれくらいなのか気になっているんです」

「お帰りになりたいんですね」

「誠に申し訳ありません」

腰を浮かして頭を下げた。それでようやく、彼女も諦めてくれたようだ。立ち上がった。話したそうにしていた表情が消えていた。

彼女が半歩寄ってきた。

広大な部屋にいるのに、半畳もないところにふたりは向かい合う。距離は三十センチあまり。初対面の男と女の間隔としては近い。そのせいだろうか、部屋はじわじわと濃密な空気に変わっていく。

薄手のブラウスは、乳房のすそ野の迫り上がりを隠している。それでも豊かな膨らみが見て取れる。三十五歳前後の人妻。しかも金持で、時間的にも金銭的にもゆとりがある。誰しもが、彼女のことを魅力的な女性と感じるだろう。

「ごめんなさい、無理なことをお願いしちゃって。わたくし、いつもそうなんです。無理なことを頼むから嫌われちゃうんです」

「嫌うだなんて……。そんなことありませんから。催事の最終日でなければよかったんですけどね」

彼女はすんなりとうなずいた。

わかってくれたようだ。

機嫌を損ねたらまずいと心配だっただけに、天馬は安堵した。上顧客だからといって、何でも思い通りになるものではない。

「今夜もお忙しいんですか？」

彼女は囁くように言った。

何それ。どういう意味？　天馬は胸の裡で疑問のフレーズを浮かべた。

「ケリがつくのは午前零時前後ではないでしょうか」

「まあ、そんな時間になってしまうんですか。でも、その後はフリーになるんですよね」

「どうでしょうか、わかりません。夜になってみないと……。でも、たぶん、大丈夫です」

断ってばかりいるのはまずいと思ったから、夜中になれば空《あ》くという意味の言葉を返した。それに、その時間なら、旦那が帰宅しているはずだ。妙なことはできないだろう。

「わたくし、お電話しても差《さ》し支《つか》えありませんか？　ケータイの番号、教えていただけるかしら」

「ええ、まあ」

天馬は言葉を濁した。どういうつもりなのだろう。金持なのに。彼女が普通の主婦だとしたら、誘っていると思っただろう。でも、彼女がそんなことをするはずがない。

金持だとしても性欲はある。不倫だってするだろう。それくらいのことはわかる。でも、このやり方はおかしい。あまりに無防備だ。性的な関係にならないにしても、旦那に知られたらまずいのではないか？　彼女はそうした危険性を考えないのか？

「いやですか？　ケータイの番号を知られるのは」

「そんなことはないんですけど、こういう経験をしたことがなかったので、面喰らっているんです」

「わたくしだって、経験したことなんてありませんよ。椎名さんともうちょっと、お話をしてみたいと思ったんです」

「正直なんですね」

「わたくし、我慢ができないタチなのかも。いけなかったかしら」

「素敵です。ぼくの周囲にはここまで正直な人はいません」

彼女の瞳を見つめながら、天馬は言った。確かに彼女は自分の気持に対して素直な女性だと思う。でも、それに応えていいものかどうか。上顧客であり、人妻でもあるのだ。

男の心は揺さぶられる。彼女が人妻でなければ、上顧客でなければ、誘いに気軽に応じたはずだ。考えすぎか？　そうだ、彼女はそこまで深く思っていないかもしれない。

誘われていると思ったり、そうではないと否定してみたり。猛烈なスピードでいろいろなことを考える。計算する。結論は出ない。それはそうだ。誘われてみたいという願望が先にあるからだ。

天馬はケータイの番号を伝えた。男の欲望に負けた。ビジネスに影響を出させないということだけは肝に銘じた。

彼女は番号をメモした。それで気が済んだらしい。ねっとりとした眼差しが消えた。玄関に向かって歩きはじめた。見送ろうとしていた。天馬は一瞬にして空気を読み、足早に歩いた。

深々と礼をして辞した。ドアを閉めた。エレベーターに乗り込んだ。天馬はそこでようやく、大きなため息をついた。

男と女が本気で求め合っていた感じがした。言葉にはしなかったけれど。彼女の瞳も顔も、男を求めていた。抱きしめられることを願っていたと思う。勝手に思い込んだことではない。そこまで自分勝手な男ではない。

コンシェルジュの前を歩く。開いた自動ドアを通り抜け、警備員の厳しい視線を背中に受ける。ふたりの関係を問い詰められている気になるから不思議だった。もちろん、現実には何もなかったから、不安を持つことはなかった。

有栖川宮記念公園に入った。軀が火照っていた。ざわついた気持のままでデパートに戻る気にはならなかったからだ。

ベンチに腰を下ろした。冬の陽を浴びる。軀の芯の火照りとぬくもりが溶け合う。気持がいい。のびをして、全身にこの心地よさを染み込ませる。

その時だ。

ケータイが震えた。

液晶画面を見た。名前が表示されていない番号だ。

もしかしたら。

今しがたまで一緒だった人妻か？　期待が膨らむ。彼女は本気かもしれない。

セレブの人妻と親しくなれるチャンスか？

「はい、椎名です」

「よかった……」

「富岡さん、ですか」

「わかった？　今、どのあたりを歩いているのかしら」

「公園のベンチです」

「まあ、そんなところに……。お時間がなかったんじゃない？　意地悪ねえ、椎名さんたら」

「富岡さんにお会いして、緊張したせいです。気分を変えるためです。さぼっているわけじゃありませんから」

「わたくしは、ベッド」

彼女の湿った声が耳に届いた。衣擦れの音がした。その後、呻き声のような吐息が響いた。

「わたくしも緊張しちゃったの。椎名さんって、ほんとに素敵な男性だったから……。吉田さんから噂は聞いていたんです」

「吉田が？　変なことを言っていたのでしたら、全部嘘ですから。信用しないでくださいね」

「やり手だって言っていたわ。それに、口が堅い男だとも……」

「秘密は守る男です。それだけは保証します」

「ベッドで、わたくしが何していると思う?」

彼女の声が粘り気を増す。どういう返事を期待しているのだろう。天馬はあれこれ考える。エッチなことなのか?

「雑誌でも読んでいるんですか。たぶん、違うでしょうけど」

「ねえ、言ってみて。あなたが正解だと思う答を……」

「間違っていたら、とんでもないことになりそうです。怖いですよ。お客様に失礼になってしまいます」

「客だとは思わないで、ねっ、お願い。ひとりの女として、わたくしのことを思って」

「そういうふうに言われる気持はわかりますけど、無理ですよ」

「どうして」

「富岡様はうちにとって上顧客様ですから」

「今のわたくしはひとりの女。いいでしょ? だから言って、何をしているか」

彼女の息遣いが荒くなった。鼻にかかった吐息が洩れる。呻き声と喘ぎ声が混じる。明らかに性的な高ぶりに浸っている。

「今、どういう恰好なんですか」

「裸。何も着ていないわ」

「左手でケータイを持っているんですよね。ということは、右手が空いているんですか？」

「あなたの言うとおりよ。ああん、言ってみて」

「オナニー、でしょうか」

「あん、いやらしい……」

人妻が喘ぎ声を放った。高ぶりきった声だった。

冬の午後の日だまりの中で、天馬も興奮してきた。

オナニーしている姿を想像する。ガーターベルトがつくっていたスカートの凹凸を思い出した。陰茎が熱くなった。はじまりを予感させる熱気が全身に拡がるのを感じた。

天馬は左右に目を遣《や》った。人影がないことを確かめると、ベンチに深く坐り直した。膨らみはじめた陰茎に空間を与えるためだ。

ケータイを握る手が汗ばむ。全身が火照る。股間が熱くなる。

冬の午後の日だまり。まるでスポットライトが当たっているかのように感じる。

自意識過剰だとわかっている。でも、ケータイから流れてくる妖しい声を聞いていればそんな気持にもなる。

天馬はケータイに集中する。

彼女の声がねっとりしてきた。今しがた全裸だと明かした彼女の姿を妄想する。身悶えしているだろうか。陰部に指を伸ばしてまさぐっているだろうか。

「ねえ、椎名さん。わたくしが何をしているか、もう一度、言って」

「オナニー、しているんですね」

「あん、ほんとにいやらしい……」

「奥様は今、どこにいるんですか」

「当ててみて」

「全裸ということは、ベッドで横になっているんでしょうね」

「違います。知ったらきっと、びっくりしてしまうわ」

「意味深ですね、富岡様」

「ねえ、椎名さん。奥様とか苗字で呼ぶのはやめてくださらない？　気持が醒めてしまうわ」

「そう言われても、うちのお得意様ですから」

「さっきも言ったでしょう？　今のわたくしはひとりの女だって……。だから、ねっ、沙織《さおり》と呼んで」

「お名前で呼ぶことはできそうですけど、呼び捨てはちょっと」

「だったら、さん付けで、お願い。それでいいでしょ？」

「わかりました。沙織さん」

「ねえ、顔を見たいから、椎名さん、わたくしのほうを向いて」

「えっ？」

「驚いたみたいね。子どもみたいにきょろきょろして、可笑《おか》しいわ」

「だって……」

天馬は本当に驚いた。話の内容からして、沙織に見られているということだ。あまりに驚いたせいで、勃起の力が弱まった。

「沙織さんは今、どこにいるんですか？　公平じゃないな、これって」

「わたしはいい気分」

「教えてくれないんですか」

「そんなことないわよ。わたしは意地悪な女ではありませんから……。椎名さん、ほら、顔を上げてごらんなさい。そうよ、素直でいいわ。そのまま、六本木ヒルズの方角に目を向けてください」

天馬は言われるままに、顔を上げて視線を移した。

公園の緑がまず目に入り、次に空の青、それと同時に隣接するマンションの壁が視界に入った。そこでようやく気づいた。彼女は部屋から眺めているのだと。

彼女のマンションも部屋もすぐに見つかった。最上階、一戸だけのペントハウスだ。

窓ガラスに視線を送る。

陽光が反射していて、部屋の中の様子まではうかがえない。リビングルームのあたりに目を凝らしていると、隣の部屋の窓にうっすらと人影が見えた。

レースのカーテンを引いているようだ。だから彼女の輪郭は漠然としている。

それでも沙織だとわかる。手を振っているから。長い髪が揺れているから。

残念ながら、全裸なのかどうかまではわからない。レースのカーテンを開け放ってくれたら、間違いなくわかるはずだ。地上とマンションのペントハウスでは高低差はあるけれど、直線では五十メートルくらいしか離れていない。

「見えましたよ、沙織さん……。すごいことを思いついたものですね」

「何のことかしら」

「今、全裸なんでしょう？　初対面の男に、生まれたままの姿を晒そうとしているんでしょう？」

「椎名さんとお話ししているうちに、いやらしい気分にさせられちゃったんですから。わたくしがいけないんではありません」

「ぼくのせいなんですね」

「決まっているでしょう？　わたくしはあなたの言いなりなの」

沙織の声はうわずっていた。口の底に唾液が溜まっているらしくて、くぐもった声音だった。言い終わった時には、唾液を呑み込む濁った音も聞こえた。

沙織宅に届け物をした後で公園のベンチで坐《すわ》らなかったら、こんな経験はできなかっただろう。彼女が窓際に立って、公園を眺め、そして男の姿を見つけなかったら、ふたりは今、ケータイで話をしていなかっただろう。そもそも、外商部の吉田に代わりを頼まれなかったら、ここにはいなかった。すべてのタイミングが合ったのだ。これも時の運。臆病になって逃してはいけない。

欲望が背中を押し、運が勢いをつけてくれる。天馬は自信に満ちた声をあげる。もちろん小声で。人影はないけれど、安心はできない。

「全裸なんですよね、沙織さんは」

「そうなの、わたくし、我慢できなくなってしまったの」

「それでオナニーをしているんですね。エッチなことなんて考えたことがないような澄ました顔をしていたのに……。心の裡では、いやらしいことが渦巻いていたんですね」

「わたくしはそういう女なの。いやらしくて淫乱な女。あなたに見抜かれてしまったのね」

「沙織さんがほんとに全裸なのかどうか確かめたいな。カーテンを開けてくれませんか」

「ええ、ちょっとだけなら……。今、わたくしを見てくれている？」

「今、手を伸ばしてカーテンの端を摑んでいますよね」

「そう、それがわたくし。一瞬だけ開けますから、見てください」

彼女の声は震えていた。手も震えているはずだ。カーテンが細かく揺れた。そして、ケータイから大きな音が響いた。

カーテンが開く音だ。陽光を反射している窓の色味が変わる。彼女は部屋に明かりをつけた。

全裸の沙織が立っていた。耳にケータイをつけている。荒い息遣いが耳に届く。豊かな乳房が前後に大きく揺れる。五十メートルあまりも離れているのに、巨乳かどうかまでわかる。

「沙織さん、お願いですから、まだカーテンを閉じないで」

「もうだめ。近くのビルから見られているかもしれません」

「今この瞬間も、オナニーをしているんですか」

「ええ、しています」

「だったら、つづけて……。絶頂に昇るまで指を動かして」

「わたくしに命じているの？」

「どうでしょうか。命じているのかもしれないですし、頼んでいるのかもしれません」

「椎名さん、狡いな。わたしに委ねたのね」

「命じたからといって、そのまま聞き入れるタイプの女性ではないだろうなって思います」

「わたくしって我の強い女？」

「自分に対して素直だと思います。他人の意見に従うほうではないでしょ？　その点では、我の強い女性ということになりそうです」

「あなたの言葉どおり、わたくし、大切なところを触っています」

「気持いいですか」

「ええ、とっても。本当のことを言うと、電話をかけた時からいじくっていたの……」

「気持がよくって、すごく濡れているんじゃないですか」

「ああっ、恥ずかしい……」

「指がふやけそうなくらいに濡れているんでしょうね」

「爪と指の間に、わたくしの大切なところから溢れた粘っこいものが入り込んでいるの」

「できることなら、ぼくがすすってきれいにしてあげたいな」

「椎名さん、してください。今夜なら、空くんですよね」

「無理してでも時間をとらないと、おさまりがつかなくなったな。我慢できません。今すぐ、マンションに訪ねたいくらいです」

「だめ……。わたくしたち、出会ったばかりなんですから。そんなふしだらなことはできません」

「でも、オナニーは見せられるんですね、出会ったばかりでも」

「あなたのせいだって、わたくし、言ったはずです」

「そうでした、忘れていました。だったら、ほら、もっと触って。昇っていくまで丹念にいじって」

「ああっ、どうしよう」

彼女はケータイを耳にあてがったまま、上体をよじっていた。遠目からでも見事なプロポーションだとわかる。乳房は豊かだ。それが際立つくらいにウエストがくびれている。白い肌は陽光を反射して、キラキラと輝いている。

美しい。元々持っていた美しさに慢心せずに、彼女は金と時間をかけて今の美しさをつくったのだ。

感動にも似た想いが拡がる。抱きたい、あの女を。女体を間近で見る時とは別の生々しさを感じる。性欲が刺激を受ける。欲望が満ちる。

ふたりの距離は五十メートルあまりあるけれど、心の距離は近くなった。部屋で会った時よりも、ケータイで話している今のほうがずっと身近に感じられる。

「おっぱいにも触れて欲しいな」

「ほんとに、もうだめ」

「一度でいいから」

「このままだとおさまりがつかなくなっちゃいます。椎名さん、本当に今夜、責任取ってくださいね」

「約束します。打ち上げがあるでしょうけど、抜け出ますから」

「ああ、だったら、いいのね。このままいじくっても」

「ぼくが見えるところで、沙織さん、触ってください」

「どうすればいいの？」

「椅子があったら、その上で立ってください。そうしないと、大切なところが見えません」

「そこまでは……」

「触っているのかどうか、今の位置では確かめられません。ぼくにも興奮をください」

「ああっ、そうね。わたしばっかりが気持よくなるなんて、いけないわよね。ごめんなさい、調子に乗っていました」

彼女は丁寧に頭を下げた。奇妙な光景だ。全裸のままなのだから。顔は陽光を浴びて白く光っている。パントマイムの芸人にも思える。

彼女は立ち上がった。膝の上のあたりまで見えるようになった。陰部は剝き出しだ。乳房の前後の動きに連動して、薄い下腹部が波打つ。余分な肉がないウェストは美しい曲線を誇っている。

天馬は右手をズボンのポケットに入れた。勃起している陰茎に触るために。眺めているだけでは我慢できなくなっていた。陰茎にも快感が欲しい。今できることは、自分で触ることしかない。

ベンチに坐ったまま、右手をゆっくりと動かす。陰茎の幹をつねるようにして刺激を加える。快感だ。ズボンとパンツに阻まれているのに、鋭い愉悦に全身が痺れる。

「沙織さん、わかりますか？」

「何でしょうか。椎名さん、坐ったままですよね」

「自分で触っているんです。沙織さんの口の中を想像しながら……」

「あん、いやらしい」

「好きですか、するのって」

「するって、何を？」

「まわりくどくてわからなかったようですね。端的に言います。ぼくが今、自分で触っている硬いものを口にふくむことです」

「言えないわ、わたくし」

「好きなんですね。だから、言えないんでしょう？　嫌いだったら嫌いとはっきり言うはずですから」

「意地悪」

「好きでよかった。ぼくは、してもらうのが好きなんです」

天馬は陰茎の幹を強く握った。ポケットの裏地越しに。全身が熱くなる。血流が速くなり、熱気が強まっていく。

公園のベンチにひとりで坐っているのに、ひとりでいる気がしない。隣に全裸の沙織が寄り添っているようだ。それに、ひとりで興奮している気もしない。彼女とふたりで絶頂に向かっていると感じる。

硬くなった陰茎の先端からとろりとした透明な粘液が滲み出ているのがわかる。軀と心の両方が高ぶっている証《あかし》だ。

沙織も同じであって欲しい。

出会ったばかりなのにそこまで求めても無理だ。そう思いながらも、彼女との一体感を願う。

ガラス窓に陰部を押し付けた。ケータイからは荒い息遣いが聞こえてくる。それとは別に、長い爪が窓ガラスを擦る高い音も耳に入る。

割れ目に指が入った。

天馬は息を呑んだ。

信じられなかった。自分が頼んだというのに。

沙織はセレブな人妻なのだ。誰が見ているかわからない情況なのに。でも、それだからこそうれしい。彼女のことが信用できるという確信を得る。

「すごいの、わたくし。こんなに興奮したことない……」

「見えますよ、沙織さんが。白い肌が真っ赤になっています」

「指がふやけちゃう、ほんとに」

「きっと、太ももにまで愛液が垂れちゃっているでしょうね」

「愛液だなんて……。ああっ、そうなの、伝っているの」

「甘い香りなんでしょうね」

「生々しい匂い。でもこれがわたくしの匂い。興奮している時の匂い。男の人を欲しがっている時の匂い。ぶちこんで欲しい時の匂いなの」

「ぼくのものを激しくぶちこまれたいんですね」

「ああっ、もうだめ。わたくし、いきそう」

「いって。窓に張り付いたまま。絶頂に昇ってください」

「いや、だめ。そんなはしたないことなんてできません」

「もうすぐいくはずです」

「ああっ、そう……。どうしてわかるの？　わたくしの反応が、あなたにはわかっちゃうの？」

沙織は軀をくねらせる。全裸の女体が踊っているように見える。艶めかしい。午後の穏やかな時間が、性欲にまみれていく。

「いくわ、ああっ、見ていて」

「そうです、指をもっと速く動かしてください」

「あっ、いく、いくっ」

沙織の軀が硬直した。指の動きも止まった。下腹部が前後に波打ったかと思ったら、「ああっ」という甲高い呻き声が放たれた。

彼女は窓に張り付いた。陰部をまさぐっている手を離した。そして次の瞬間、窓ガラスが濡れるのがはっきりと見て取れた。

陰部から粘液が噴き出したのだ。それが窓を濡らした。彼女の指についていた粘液が飛んだのではない。

「今夜が愉しみです」

天馬は沙織がすぐ隣にいるかのように囁いた。陰茎の芯には脈動が走っている。高ぶりはすぐにはおさまりそうにない。


午後十一時を過ぎた。

天馬は「加賀百万石うまいもの展」のスタッフたちとの打ち上げを切り上げて広尾に向かった。

富岡沙織《とみおかさおり》が待っている。そう考えただけで性的な興奮が湧き上がってくる。その状態は催事が行われている昼からずっとつづいていた。ふとしたきっかけで、沙織のオナニーしている姿を思い出しては、陰茎を硬くしていた。そのたびにため息をつくことで気を紛らわせていた。

待ち合わせは地下鉄の広尾駅だ。マンションに常駐しているコンシェルジュが午前零時にならないと引き上げないためだった。昼時ならかまわないが、さすがに、夜遅くに男が訪ねるわけにはいかなかった。

広尾駅に着いた。改札を抜ける。胸のときめきが増していく。大学生の頃に味わったデートの気分だ。ウキウキしてくる。期待が膨らむ。ただのデートではないから。セックスが間違いなく待っている。

沙織はいかにも高価そうなコートを着こみ、顔を隠そうとするかのようなマフラーの巻き方をしていた。天馬は彼女のその姿を見て後悔した。広尾は沙織の地元だ。当然、他人の目を気にする。

「別の場所で待ち合わせをすればよかったでしょうか」

「いいの、気にしないで」

「昼間のことを考えたら、どこであっても待ち合わせできそうですね。それにしても不思議です」

「何が？」

「目の前にいるこの人が、昼に窓にへばりつくようにして淫らなことに耽《ふけ》っていた女性と同一人物なんて思えません」

「お昼のことは忘れて。過去にとらわれないことよ。あの時が最高だと思ったら、これからが愉しくなくなってしまうでしょ？」

「確かにそうですね」

天馬は彼女を先導するようにして階段を上がった。地上に出ると、有無を言わさずに西麻布方面に歩きはじめた。行きつけの店があるわけではない。少しでも早く、彼女のマンションから離れたかったのだ。

「昼に会ったばかりなのに、すごく久しぶりのような気がします」

「わたくし、待ちきれなくなって、夕方にデパートにうかがったの。催事場はすごく混んでいたけど、あなたの顔を見られたわ」

「そうだったんですか」

天馬は驚いて、沙織を見つめた。セレブな女性というのは冷静で淡々としているのかと思ったけれど、彼女の場合は違うようだ。それもまたうれしい。

「加賀百万石うまいもの展」の最終日は、確かに彼女の言うとおり、夕方になって客足が伸びていた。安売りや投げ売りを期待して集まったのだろうか。短期間のうちに、評判が評判を呼んだのか。とにかく、今期最高の売り上げを記録した。催事としては大成功だった。

あの時、沙織がいたとは。飯倉朋美と親しく話す機会がなくてよかった。もしも暇だったら、朋美を連れ出そうとさえ思っていた。そんなところを沙織に目撃されていたら、今こうしてふたりきりになれなかっただろう。

裏通りに入る。沙織にうながされたのだ。表通りは歩道が狭くてふたり並んで歩けないからということだった。裏通りならば、深夜のこの時間、走る車はほとんどない。歩道がない代わりに、ふたりは道の真ん中を歩く。

夜風が頬を撫でる。火照った軀がほぐれる。いい女とふたりということが、男の優越感や満足感を強めてくれるのだ。しかし男たるもの、いい女がいるだけではここまで晴れがましい気分にはならない。仕事を成功させたことで充足感が加わったからこそである。

「仕事に打ち込んでいる男性の姿って美しいのね。わたし、惚れ惚れしながら天馬さんを見つめていたわ」

「照れちゃうな、そんなことを言われたことがないから」

「あの時ね、夜お会いしたら必ずあなたに贈り物をあげようと決めたの」

「そんなのは必要ありませんから。沙織さんとこうして会っていられることが最大のプレゼントです」

「そんなこと言わないで。あげますから、贈り物」

沙織はマフラーを取った。束ねていた長い髪がばさりと落ちた。甘い香りが拡がった後、夜空にすっと消えていった。彼女は背中を向ける。バッグからプレゼントの品を出しているのか。天馬は待った。

「わたくしからの贈り物よ。受け取ってくださいね」

沙織の手はコートを握っているだけだった。プレゼントの品などなかった。

何だこれ？　不思議に思って声をあげようとした瞬間、彼女はコートをさっと広げた。

黒に赤の混じった下着だけの姿だった。

ガーターベルトでストッキングを吊っていた。

街灯に照らされた肌は白くて透き通るようだった。ブラジャーの端からは乳房のすそ野が盛り上がっていた。

「すごい、信じられない……」

「信じられなくても、これは現実。受け取ってくださいね」

「どうやって受け取ったらいいのかな。眺めて愉しむだけじゃ、受け取ったことにならないよね」

「好きにしてください。あなたへの贈り物なんですから」

背中がぞくぞくした。女性の高ぶりを帯びたねっとりした声。こんなにも意外性のあるプレゼントをもらったのは初めてだ。何をしたらいいのか。どんなことをしたら悦ぶのか考えた。それを見透かしたかのように、沙織が低い声を投げてきた。

「あなたが望むことをしていいんですからね。わたくしのことなんて二の次でいいの。何度も言いますけど、これはあなたへの贈り物なんです」

「正直言って、どんなことでもしていいなんて言われたこと自体が初めてなんです。慣れていないから、ついつい、自分の欲のほうを二の次にしてしまいます」

「無理もないけど、それだとだめだと思いませんか？　男としてのあなたの欲があらわれてこないでしょう」

「男の欲を剥き出しにしていいということかあ」

「女の欲を聞き入れて、そのうえで男の欲を出すなんて……。調和とバランスの上に、男の欲ができているんじゃないでしょう？　わたし、そんな欲なんて、つまらないと思っているんですから」

天馬は納得してうなずいた。感心している場合ではないと思いながらも、うなずかずにはいられなかった。彼女の言葉は正しい。

男は何歳頃から自分の欲を抑えて女性の意を汲むようになったのだろうか。大学生の頃？　高校生？　いずれにしろ、異性とのつきあいをはじめた当初から、欲を剥き出しにしてこなかった気がする。だから戸惑うのは当然だった。経験がなかったし、そんなことを望むと言葉にした女性もいなかったからだ。

「セレブの女性というのは、沙織さんのように、自分の欲望に対して素直なんですか」

「どうかしら。ほかの女性のことはわからないし、わからなくてもかまわないと思っています。自分の欲を晒したい相手がわかってくれさえすればいいんです」

「欲をぶつけ合えばいいんですね」

「女のために欲を抑えなくてはいけないなんて考えないで。男の剝き出しの欲を感じたいの。それでこそ、女の悦びを感じられるのよ」

「剝き出しの欲と、相手のことを考えた上での欲。ほんの少しの違いのような気がするけど、きっと沙織さんにとっては、大きな違いなんでしょうね」

「遠慮が入った男の欲なんて、迫力がないわ。さあ、天馬さん、はっきりとおっしゃって……」

「今この場で、沙織さんの口の感触を味わいたいな」

「わたくしもそれが望み。昼からずっとそれを願っていたの」

沙織は周囲を見渡した。欲を剝き出しにするにしても、人目をはばからないわけにはいかない。当然だ。彼女はコートのボタンを留めないまま、目に付いたマンションの敷地に向かった。天馬もつづく。

駐車場に停めているRV車の陰に立った。

彼女はその場でうずくまった。股間に顔を寄せてきた。陰茎を刺激するように頬を押し付けてきた。ふたりの性欲が絡みながら勢いを増していくようだった。

ズボンから陰茎が抜き出される。彼女の指が陰茎のつけ根を握る。ひんやりとしている。水平に折り曲げられることで刺激が加わり、指の冷たさなど忘れてしまう。

性の高ぶりは寒さを吹き飛ばすのだ。しかもふたりの性欲は、昼からずっと溜まっていた。溜まったまま澱《よどみ》となって沈んでいたわけではなくて、燃えあがっては鎮まるということを繰り返していたのだ。

「パンティを脱いで欲しいな。それに、ブラジャーも。昼に、五十メートルほど離れたところから眺めただけだからね」

「欲が深まっているのね。素敵よ、天馬さん」

彼女は器用にパンティを脱ぎ、ブラジャーを取り去った。コートの下はガーターベルトとストッキングだけの姿になった。そんな淫らな姿の彼女に、陰茎をあらためて握られる。温かさが気持いい。肌から伝わってくる沙織の激情を感じ取る。それもまた気持いい。

陰茎をくわえられた。めくれたくちびるが街灯の光を浴びて艶やかに輝く。口紅が反射しているのか、唾液なのか。どちらなのかわからないところがいやらしく感じられる。

ねっとりとした舌遣いだ。陰茎に吸い付いて離れない。くわえてから五分ほど経っても、彼女はくちゃくちゃという粘っこい音をあげながら舐めつづける。一度たりとも離さない。むさぼっているようだった。

車の排気音が近づいてきても、沙織は陰茎を舐めつづける。見つかったらどんなことになるのかといったことを、彼女はまったく考えていないようだった。その覚悟に潔さを感じたし、彼女の高ぶりは本物であるということが確かに伝わってきた。

肌に直に伝わる女性の感情は、男の心に響くものだ。誰かに見られるかもしれなかったけれど、天馬は抑えることができなかった。

「沙織さん、ここでつながりたくなってしまいました」

「それが男の欲望ね。ああっ、素敵だわ」

「立って、早く」

「わかりました」

「開いたコートで、ぼくを包み込むんです。そうすれば、誰に見られたって平気です。抱き合っているだけにしか見られないでしょうから」

この期に及んでまだ周囲の視線を気にしていることに呆れながらも、社会人としてこれは仕方がないことだと自分を納得させた。陰茎は屹立している。彼女の割れ目はすっかり濡れきっている。くわえたことがきっかけで、昼から抑えてきたうるみがいっきに溢れてきたのだ。

立ったままつながる。しかも深夜とはいえ外で。異様に興奮する。相手は今日出会ったばかりのセレブの女性なのだ。

陰茎を挿し込む。少し膝を落とし気味にした後、突き上げた。うるみのぬくもりを感じた次の瞬間、肉襞に導かれるように、割れ目の奥に入っていった。

「これが沙織さんなんですね。くねくねしているよ。軀の奥が悦んでいるのが伝わってくるな」

「そうなの、とってもうれしいの。ああっ、久しぶり。こんなに気持いいことなんて」

「ご主人がいるのに？」

「あの人は忙しすぎるの。それに数字のことが常に頭の中にあるのが、セックスしている時でもわかっちゃうの。だからいや。わかる？　天馬さんにわかる？」

「なんとなく、でしょうか。女性の気持をすべて満足させられる男なんて、そんなにいるものではないんじゃないですか？」

「セックスがつまらない夫のことなんてどうでもいいの。今は話したくないわ」

「ぼくたちの欲についての話のほうが愉しそうですね」

「もっと別のことをしたい？」

「後ろからでしょうか。向かい合ったままだと、どうしても深い挿入にならないから……」

「椎名さんはもう、見られることは気にしないの？　後ろからつながっていたら無防備になるでしょ？　そうなったら、見られてもわからないこともあるはず」

天馬は彼女の背後に立った。

コートの裾をめくる。もわりとした甘く生々しい匂いが湧き上がる。彼女の肉の匂いだ。男の肉の細胞のひとつひとつに宿っている欲が喚起されていく。肉の欲は大きな欲の塊となって全身に拡がっていくのだ。

沙織は助手席のドアに両手をつける。冷たそうだが気にしない。お尻を振る。

小さな呻き声を洩らして挿入をねだってくる。

割れ目に挿し込んだ。最深部までだ。うるみが噴き出す。幹をつたってふぐりを濡らす。沙織の大胆さに、男の欲が痺れる。それは圧倒的な快感につながっていく。

「すごいよ、沙織さん。声が出ちゃいそうだ」

「わたくしもなの。我慢しているけど、もう無理みたい」

「ここでいきたいけど、このまま終わりにしたくないよ」

「ああっ、あなたのその欲の深いところがいい……」

天馬は昇りそうになるのを、腹筋に力を入れて堪《た》える。彼女はそれがわかったかのように肉襞を収縮して刺激を加えてくる。

「午前零時を回ったはずです。沙織さんの部屋で、このつづきをしたいなあ」

「欲張り」

「衝動だけで欲を使い果たしたくないんです。ゆったりと沙織さんを味わいたい
……」

「主人との生活の場で？」

「それだからこそ、男にとっては刺激的なんです」

「ああっ、なんて人……」

うっとりとした声をあげる。もちろんひそやかに。彼女は腰を何度も振る。マンションに戻る気がないのだろうか。うるみの粘っこい音が星空に響く。

「ううっ、いきそうよ」

「だめです、いっちゃ」

「意地悪。あっ、抜かないで。女はね、何度でもいけるのよ」

「ふたりで一緒にいくんです。だから、だめ」

「ああっ、これも男の欲なの？」

「もちろん。だから、早く部屋に行きましょう」

「はあ、歩けない、すぐには」

沙織は深々とため息を洩らした。ねっとりとした眼差しが、男の目には可愛らしく映った。部屋に入ったら思いきり可愛がってあげよう。彼女に乗せられたのかもしれない。天馬は知らず知らずのうちに、欲をあらわにする猛々しい男にすっかりなり切っていた。

沙織はようやく歩きはじめた。

午前零時を過ぎた広尾の住宅街に彼女の靴音が響く。足を動かすたびにロングコートの裾がひるがえる。ガーターベルトで吊ったストッキングが街灯の明かりを浴びて輝く。

彼女は積極的に腕を絡めてくる。ねっとりとした熱い視線を送っている。天馬はそれを目の端で感じ取っていた。

うれしさと性欲が入り交じった複雑な高揚感が生まれる。ごく普通のサラリーマンの自分が広尾在住のセレブな女性と腕を組んでいるという事実に興奮する。夢見心地だ。それを現実に引き戻しているのが、パンツの中で何度も跳ねている陰茎だ。

天馬の陰茎は現実主義者だった。

男たるもの、こうあるべきだ。脳内は妄想だらけになってもいいけれど、陰茎は冷静に現実を見極められる存在であるべきなのだ。

「椎名さん、ゆっくりと歩いていただけます？　軀がまだ痺れていて言うことをきいてくれないの」

「ぼくもそうです。沙織さんの感触がはっきりと残っています」

「ああん、いやらしい……。わたくし初めてよ、外でしたなんて」

「ぼくだってそうです」

「まだドキドキしているわ」

「それはスリルのドキドキ？　それとも気持よさのドキドキなの？」

彼女は顔を上げると、どちらなのか言わないまま妖しい微笑を口元に湛えた。わざとらしいくらいに、淫靡な眼差しを送ってきた。

男の欲望を刺激しようという思惑がうかがえるようだった。どういう表情をすれば男が興奮するのかがわかったうえでの微笑のようにも思えた。それでも嫌味ではなかった。そして、そんな彼女の誘惑に迷うことなく没入していった。たぶんそれは、今しがた挿入を果たしたというのに、性欲がまったく鎮まらなかったせいだ。

欲望の炎はめらめらと燃え上がっている。彼女が下着も洋服も着ていないことを知っているせいだろうか、ストッキングのきらめきを見ただけでも炎は強まるのだ。

天馬は湧き上がる性欲と彼女に煽られる欲望を吐き出す糸口やきっかけについて考えていた。で、結論を出した。タクシーに乗ろうと。表通りまで出ると、沙織には理由も告げずにタクシーをつかまえた。

彼女のマンションまでならタクシーに乗るほどの距離ではない。歩いても五分程度だから。なのに、敢えてタクシーに乗り込んだ。発想を切り替えてラブホテルを利用しようと考えたのか？

「新宿まで行ってください」

天馬は運転手に行く先を告げた。

タクシーは動きだした。運転手の後ろの席に坐った沙織はいぶかしげな表情を浮かべながら、小さな声を投げてきた。

「うちにいらっしゃるんではなかったの？」

「ちょっとだけ回り道をしたくなったんです」

「新宿のお店に行くのかしら」

「今夜は行くつもりはありませんけど、面白い店がたくさんありますから、いつか案内しますよ」

天馬は淡々とした口調で言いながら、右手をいきなり、沙織の陰部に伸ばした。コートの裾をめくり、太ももに指を滑らせた。

車は六本木通りを横切る。

沙織は懇願するような目で見つめてきた。太ももが痙攣を起こしたように震えている。小さな呻き声が洩れる。いやがっているわけではないけれど、彼女の手も太ももも愛撫を拒んでいる。「だめ」。言葉にはしていないけれど、くちびるでその形を何度もつくる。

天馬は右手を伸ばして、太もものつけ根に這わせた。しっとりとした肌だ。車内が暖かいせいだろうか。指の腹に張り付いてくる。

彼女の軀から力がわずかに抜けるのが感じ取れた。性的な高ぶりが理性を奪ったのか？　天馬は自分に都合のいいように考える。それが男の興奮につながっていく。

うるみが溢れている。甘く生々しい匂いが湧き上がってくるようだ。ふたりの間に緊張が生まれる。性的な高ぶりを求め合うようになっていたからだ。運転手に気づかれないようにしないと。ふたりが無言で交わした合意。それが車内に緊張感をもたらしている

車はスピードを速める。

青山通りの手前。交通量が少なくなっている。天馬はふっと思う。運転手は前方に集中しているはずだ。ならば、もう少し大胆なことをしても気づかないだろうと。

沙織がコートの下に何も着けずに現れた時、それを彼女は「贈り物」と言っ

た。愉しげだった。そんな彼女にお返しするチャンスだ。

「ぼくからのプレゼントです。沙織さん、受け取ってくださいね」

「何？　どういうこと？」

「わかりますから、すぐに」

タクシーはちょうど、赤信号で止まった。右手の動きも止めるしかなかった。運転手に悟られたらまずい。

青信号になった。

車は動きはじめた。それとともに、右手もせわしなく動きだす。コートをめくる。太ものつけ根まであらわにする。もちろん、拒まれた。でも根気よくつづけて、自分の望みを勝ち取った。

陰部を剝き出しにする。ガーターベルトのストラップの黒と赤色に、男の淫らな心が刺激を受ける。

彼女は黙って窓の外を眺めている。無表情だけれど、恥じらっているのが読み取れた。陰部にあてがっている両手が震えている。

「ぼくからのプレゼントです。ふたりでつくりあげた偶然の産物ですけどね」

「受け取らないといけないのね」

「いやでしょうか。たぶん、沙織さんは嫌いではないはずです」

「どうしてわかるの？」

「マンションの部屋の窓際に立っている時の姿を見れば、誰だってわかると思います」

「今思えば、あなたに導かれた気がしてならないの。わたくしね、大胆なことをしてみたくなったの」

天馬は指を伸ばした。

ウエストが細いからだろうか、坐った恰好にもかかわらず割れ目の端まで、すぐに到達できた。

割れ目に触れた。厚い肉襞は熱い。粘っこいうるみにまみれている。うねっている。沙織は首を横に振る。いやがっているようでいて、甘えたような吐息を洩らしたりもする。

「そこまでですよ、椎名さん。その先はお楽しみにとっておいて」

「これがぼくからのプレゼントなんですから。受け取ってくれないと」

「意地悪」

「ぼくはすごく愉しいですよ。沙織さんも同じ気持でしょ？」

「そうだけど……」

「さっきの裏通りの時の大胆さがどこかにいっちゃったみたいですね。どうしたの？」

「だって、わたくし、これ以上プレゼントをもらいつづけたら、我慢できなくなっちゃうから」

「我慢できないと、どうなるんでしょうか」

「わたくしがお返しするの。でも、できない。運転手さんの視界に入っちゃうでしょ？」

彼女は囁き声で言うと、左手を伸ばしてきた。ズボンの上から、陰茎の勃起を確かめるように触った。先端の笠と幹を圧迫してきた。快感を引き出そうとしているのがわかったし、陰茎もそれに鋭く反応していた。

「沙織さんの部屋に行きたいな」

彼女の割れ目を撫でながら囁く。敏感な芽を探る。坐った恰好ではすぐには見つからない。

「新宿に行くんでしょ？」

「いいんです、もう。ぼくからのプレゼントを受け取ってもらえたから」

「そういうことだったの？」

「わかりましたか？」

「だったら、戻りましょ」

天馬と沙織はふたりだけがわかる会話をつづけた。密やかな気分が盛り上がった。秘密を共有している気にもなった。それによって性欲が煽られ、車内の空気がさらに濃密になった。

「運転手さん、申し訳ありませんけど、行き先を変更してくれますか。広尾の有栖川宮記念公園まで……。すみませんね、戻ることになって」

天馬は淡々とした口調で言った。でも内心は恥ずかしかった。根拠はなかったけれど、運転手にすべてを見られていた気がしたからだ。こういう時というのは、被害妄想が強まるものらしい。経験によって知った初めての感覚だ。

公園に着くまで、ふたりは黙っていた。沙織もまた羞恥心に襲われていた。同じ感覚を共有していた。これこそ、相性のよさであり、男と女にとって必要なことだと思う。沙織が人妻であることも、セレブな生活をしていることも忘れそうになっていた。相性抜群のひとりの女として見ていたからだ。

タクシーが公園の入口で止まる。料金を黙って支払い、ふたりは降りた。タクシーが走り去るのを待ってから歩きだした。

「部屋に戻る前に、あなたが坐っていたベンチに行ってみたいな」

「あっ、それはいい考えだ。昼間、ぼくがどういう角度から沙織さんを見上げていたか、わかったほうがいいと思いますよ」

「森の中にベンチがチラッと見えるという感じだったわ」

深夜の公園に入ったところで、沙織が小声で言った。木々はうっそうと茂っているといっても、空は開けている。上からはそんなふうに見えていたのか。新鮮に思う。それが高ぶりにつながるから不思議だ。

「このベンチです」

天馬はベンチの背を軽く叩いた。そして、彼女の部屋の方角を見上げた。マンションの最上階、ペントハウスの部屋の窓。月の光が当たって光っている。あの窓ガラスに向かって、彼女はうるみを噴き出したのだ。

沙織も坐って見上げた。驚きの声とため息が同時だった。

「すごくよく見える。ああっ、わたし、恥ずかしい……」

「わかっていたでしょう？」

「知らなかった。ううん、違う。無我夢中だったから、そこまで考えられなかったの」

「いいじゃないですか、もう終わったことだから」

「椎名さん、わかってください。わたくし、淫乱な女ではないんです」

「わかっていますよ。ただ単に、自分の欲に素直なだけだって」

「そうなの。女としても人としても素直でありたいと思っているから、そういうことをしただけ……」

「素直さが伝わったから、ぼくも素直に欲を晒したんです。お互いさまですよ」

「ああっ、よかった」

「ぼくもこの出会いがあって、本当によかったと思っています」

ふたりは視線を絡めながら、満足げにうなずいた。ベンチにいる必要がなくなったことを察して、どちらからともなく、マンションに向かいはじめた。

「欲を晒すって、すごく怖いけど、素敵なことなのね」

沙織は思い出したように言う。声はうわずっている。瞳を覆う潤みにもさざ波が立っている。今この瞬間も、割れ目からねっとりとしたうるみが流れ出しているようだ。

「沙織さん、もしかしたら、今すごく感じているでしょう?」

「どうしてわかるの？」

「相性がいいと、長い時間一緒にいなくても、いろいろなことがわかるんだと思います」

「主人が買ったマンションに、男の人を連れ込もうとしているの。興奮するのは当然です」

「罪悪感？」

「ないと言ったら嘘になるけど、それよりも期待や愉しみのほうがずっとずっと勝っているの」

「素敵な出会いをしたからこそなのでしょうね」

「そうでなかったら、男の人をこんな深夜の時間に招いたりしません」

「初めてなんでしょ？」

「初めて……。こうやって、エントランスに夫以外の人と入るのは」

エントランスに入った。オートロックを解除した。昼にいたコンシェルジュの姿はない。防犯カメラで撮られていることを気遣って、天馬は少しだけ彼女から離れた。ふたりでエレベーターに乗り込んでもまだ、距離を詰めなかった。この狭い空間にも防犯カメラがあるかもしれないと警戒していたからだ。

部屋に入った。

暖房はつけていたようだ。部屋は暖かい。広尾駅の改札で待ち合わせをした時、彼女はすぐに戻るつもりだったのだ。

豪華なシャンデリアが玄関の天井から下がっている。明かりがついているために気づいた。それにしても豪華なインテリアだ。ため息が自然と洩れてしまう。照明がついているからだろう。昼の時よりもゴージャスな印象が強い。

「おじゃまします」

誰に言うともなく、天馬は靴を脱いで部屋に上がる。息遣いが震えている。臆病になっているのではない。大胆なことをしている自分に心が震えているのだ。ひるんでいるのではないし、猛々しい気持というのでもない。不安と期待が混じり合っているせいだ。

「ふたりきりですから、椎名さん、くつろいでくださいね」

「沙織さんもね」

「わたくしはどうすればいい？　コートを脱いだほうがいいのか、着たままがいいのか。それとも、別の服に着替えてもいいかしら」

「どうしたいんでしょうか」

「椎名さんのお好きなように。おっしゃってくださったら、そのようにしますから」

「欲が噴き出しそうですよ」

「どういうこと？」

「高級ないやらしい下着姿もいいと思うし、全裸もいいなって……。話しているだけなのに興奮して、喉がからからに渇いちゃってます」

「わたくしはそうね、コスプレがいいかな……」

「そんな趣味があったんですか？」

「ありませんけど、一度だけ、主人の気を引こうと思って買って着たことがあったの」

「へえ、大胆だな」

「わたくしに興味を抱いて欲しいと思って、当時は、必死だったから」

「何を着たんですか？」

「セーラー服」

「それはすごいや」

「どういう意味？　わたくしの年齢で着るなんて図々しいっていう意味？」

「まさか……。すごく興奮するだろうなって想像したんです。今、ここで着てみて欲しいくらいです」

「わたくしも椎名さんも、すごく欲張りね」

「それは短所でなくて、ふたりにとっての長所です」

「互いに求めているし、興味だとか関心を抱いているのよね」

「魅かれているから当然です。沙織さん、着てくれますか？　着なくたって興奮しますけど……」

「欲張りになっていいのね。でも、変な誤解をしないで」

彼女はリビングルームから姿を消した。本当に欲張りな女性だ。でもこれが理想の女性の姿でもあると思う。天馬は自分で陰茎を探った。コチコチに硬くなっている。欲がみなぎっているのだ。

午前零時半過ぎ。

天馬は窓際に歩み寄った。

眼下に深い闇が見える。その正体は、有栖川宮記念公園の深い森だ。マンションの最上階のペントハウスから眺めると、公園の森がネオンや車のライトを寄せつけていないのがよくわかる。

天馬は目が離せなかった。森がつくる闇に心が煽られ、男の欲望が刺激を受けていたからだ。新鮮な気分だった。陰茎は硬さを増し、欲望は強い性欲を生み出していた。

リビングルームのドアが開いた。

沙織だ。約束したとおり、セーラー服を着ていた。

恥ずかしそうにうつむいている。はにかんだ微笑が初々しい。三十五歳のセーラー服姿とは思えない。

セーラー服はブラジャーが透けて見えそうな白色だ。衿は濃紺。三本の白いラインが入っている。胸元ではエンジのリボンを結んでいる。オーソドックスなデザインだ。

濃紺のプリーツスカートは膝上の丈。白いソックスを穿いていて、それが妙に生々しい。

陰茎が反応している。闇からのエネルギーを受け止めたおかげだろうか、笠の外周のうねり方が大きい。陰茎の跳ねる勢いも増している。腹筋に力を入れていないのに、ふぐりが何度もひくつく。

「可愛いですよ、沙織さん。本物の高校生みたい……」

「そういうお世辞はいりません」

「清楚なのにエロティックです。普通の洋服ではこんな雰囲気は出せないんじゃないですか」

「わたくしね、これを着るのは今夜で二度目……。こんなにも恥ずかしいものだったのね」

「ご主人の前では恥ずかしくなかったんですか？」

「あの人にとって、セーラー服に性的な意味合いはなかったみたい。主人を喜ばせるために着たのに、『そんな恰好する女だったのか。早く脱ぎなさい』って言われて……」

「ぼくなら、そんなもったいないことは言わないな」

「椎名さん、どう？」

「どうって？」

「感想を聞かせて欲しいの」

「不思議だけど、とっても似合っています。自信持っていいですよ。なんなら、その姿のままで広尾の街を歩きましょうか」

「意地悪言わないで……。できるわけないでしょう？」

「これは実在している高校のセーラー服なんですか」

「いいえ、違うの。インターネットで検索すると、購入できる業者がたくさん出てくるのよ。ほんとに便利な時代になったと思うわ」

「セーラー服は手に入れられても、それを見せる相手は、インターネットでは見つからないでしょう……。あっ、そんなことないか。それも見つかりますね」

「いくら欲が深くたって、それだけはわたくしにはできないわ」

沙織はソファに腰をおろすと、ゆっくりと足を組んだ。

スカートのプリーツが広がったり重なったりしている。むっちりした太ももが見える。キメの細かい肌が男の性欲を煽ってくる。

「木綿の白いソックスが本物っぽくていいですよね。ぼくらの時代の女子は、ソックタッチっていうモノでソックスを留めていましたね」

「椎名さん、よく覚えているわね。わたくしたちの時にもそれは必需品だったわよ……」

「当時の女子は、パンツも白色だったんでしょうね」

「今もそうじゃないかしら」

沙織はうっすらと微笑むと、重ねている膝を開いた。それだけでも十分に大胆な行為だったのに、彼女は左足を上げてソファの端につけた。右足は床につけている。だから当然、スカートの裾がずり上がる。陰部まで見えるくらいに。セーラー服姿の沙織が穿いていたのは白色のパンツだった。白色の木綿《もめん》。彼女はそれを見せるために、片足を上げたのだ。

「びっくりしました。ソックスとお揃いだったんですね」

「ブラジャーも高校生がするようなものをつけているの。大人の下着だと変でしょ？」

「気持のほうは？　高校生になりきっているものなんですか？」

「変身願望があったら、なりきることもできそうだけど、残念ながら、わたくしにはそういう趣味はなかったみたい。だから、心は三十五歳の女のまま。椎名さん、どう？　がっかりした？」

「正直、安心しました。沙織さんが高校生になりきっていたら、ぼくは対応できなかったと思います」

「高校生はダメ？」

「十代の女子に興味はないなあ」

「そのほうがいいわよ。条例にひっかかったりしたら、犯罪者ですからね。そんなことになったら、一生を棒に振ることになります」

「ぼくが手を出すのは、セーラー服姿の沙織さんくらいです」

天馬は彼女に寄り添うようにソファに坐った。半身になるとすぐに、剝き出しになっている彼女の太ももに触れた。やわらかみに満ちた内側の肉。肌のキメが細かい。触っているだけで気持いい。

「目を閉じていると、ほんとに女子高生に触っている気がします」

「目を開いていると、どうなの？」

「沙織さんに触れているとわかりますから、別の興奮が加わります」

「別の興奮って、何？」

「セレブな女性だからです。超高級住宅地の広尾の最高級のマンションのペントハウスに住んでいる女性を愛撫しているんですから」

「それって、わたしのこと？」

「もちろん」

「自分のことを言われている気がしなかったわ」

「沙織さんを客観的に表すと、そういう言い方になるんです」

天馬は薄々気づいていた。沙織が不機嫌になっていることを。理由も漠然と理解できた。別の興奮について説明した時の言葉のせいだ。

広尾のペントハウスに住むセレブな女性と言った。沙織でなくてもよかった。沙織はそれが不満だったのだ。セレブな女性は自意識が強い。他人とは違う自分、ほかの女とは違う女でありたいと願っている。それがセレブな女性であり、沙織なのである。

木綿のパンツに触れた。

ねっとりとした甘い匂いが、プリーツスカートの中から湧き上がってくる。湿り気が伝わってくる。溢れ出たうるみがパンツを濡らしている。そこの部分だけ、木綿の生地のざらつきの感触が違っている。

てのひらでパンツの上から陰部を圧迫する。沙織の肉襞のやわらかみと弾力を感じる。うるみが噴き出してくる。木綿の上からでもはっきりと感じられる。それればかりか、陰毛の茂みが束になっていることも、よじれていることもわかる。

ウエストに手を移す。下着はブラジャーとパンツだけだから、ウエストは剝き出しだ。セーラー服でもくびれが際立っているのが見て取れるから不思議だ。

「沙織さんをゆっくりと味わえるようになった気がします」

「外では味わえませんでした？」

「気が気じゃありませんでしたからね、味わうところまでは……」

「でも、正直ね、椎名さん」

「今は味わえます」

天馬は言うと、ソファからお尻をずり落として床に坐った。沙織の足の間に入った後、彼女の木綿のパンツを引き下ろした。

プリーツスカートをめくり上げて陰部を晒した。

縦長の陰毛とともに、割れ目まで見える。左足はずっとソファの上に乗せたままだ。その恰好がいかがわしくていい。

若い頃は、それをいかがわしいと思っても、味わうだけのゆとりがなかった。乳房や割れ目への愛撫だとか挿入がセックスの目的の大部分だったから。三十代後半になって、ようやく、女性についていろいろなことを味わえるようになってきた。

セックスが直線的でなくなった気がする。快感も感情も愉悦も心地よくうねることが多い。味わい深い豊かさに満ちたものになったのではないか。だとするならば、齢をとることも悪くないと思う。

陰部に顔を寄せる。大胆なことをしていると思いながら、舌を割れ目に向かわせる。このソファは夫婦が普段坐っているはずだ。そのソファでほかの男の妻である女性の陰部を味わおうとしているのだ。

「ああっ、気持いい……。久しぶりよ、舐めてもらえるなんて」

「ほんとなんですか？」

「夫はわたくしなんかには興味がないの。寂しかった……」

「ぼくでよかったら、いつでも言ってください。寂しさを紛らわせることならできるはずですから」

沙織は呻き声をあげる。天馬がひやひやするくらいに大きな声だ。夫に聞かせようとしているのかもしれないし、大きな喘ぎ声をあげることで、夫に対して復讐をしているつもりなのかもしれない。

ソファからお尻をずらす。体勢を変えることで、舐めやすくしてくれたようだ。いや、そうではない。愛撫による快感をもっと強く欲しがっているのだ。

沙織がリボンを解きはじめた。天馬はそれに気づいて言った。

「せっかくの沙織さんのセーラー服姿じゃないですか。着ていてください。それとも飽きました？」

「軀が熱いの、すっごく。それに……」

「それに？」

「大切なところだけじゃなくて、おっぱいも触って欲しいから」

「だったら、ブラジャーだけ取ってくれますか？　セーラー服姿の沙織さんをもっともっと味わっていたいから……」

「おっぱいも味わってね」

彼女はねっとりした口調で囁くように言うと、ブラジャーを自分で外しはじめた。そうなったら、割れ目への愛撫を中断するしかない。成り行きである。男たるもの、自分の欲望だけで愛撫をつづけるものではない。相手の気持も読まないと。それができない男は、間違いなく嫌われる。

天馬はソファに坐った。半身になって、沙織の乳房に触れた。もちろん、最初はセーラー服の上からだ。

生地が意外と厚い。それでも、むっちりとした乳房の感触は伝わってくる。乳首が硬く尖っているのもわかる。

セーラー服の下に、右手を潜り込ませる。彼女は目を閉じたまま、小さな喘ぎ声を洩らす。「だめ」という短い言葉。せつなそうな響き。三十五歳の成熟した女性というより、十代の女子の反応。それも新鮮でいい。眉間につくられた皺がエロティックだ。新鮮さと成熟が入り交じっている。

乳房は下辺がたっぷりとしていて重量感がある。弾力が強い。やはりあまり愛撫されていないようだ。

「おっぱいを撫でている指が、気持いいって叫んでいます」

「変な言い方。指を主語にした褒め方なんて、わたくし、初めて」

「ぼくだって初めてです。ふっと感じたことを口にしただけですから」

「脳で感じて言ったんじゃないってことね。指の感想だなんて、ああっ、いやらしい」

「もっと撫でさせてください」

「セーラー服を着ているから、窮屈じゃないかしら?」

「この窮屈さがいいんです」

天馬は右手をわずかに動かしながら、尖った乳首の先端をゆっくりと撫でる。そこへの愛撫もやはり窮屈だ。愛撫をつづけながら、彼女の耳たぶを舐める。耳の後ろ側にくちびるを這わせる。髪の生え際に沿って舌を滑らせる。

「あっ、いい……」

「旦那さんはこういう愛撫はしてくれないんですか?」

「どうして？　してくれないの？」

「しないとわかっていて、どうして訊くの？」

「ぼくの愛撫が最高に気持いいって言って欲しくて……」

「素敵よ、椎名さん。ずっと味わっていたいくらい」

「沙織さんが望むなら、いつまでだって味わっていられますよ」

「ああっ、素敵」

沙織はねっとりとした声音で言うと、熱いため息をついた。それまで受け身一方だった彼女が、右手を伸ばしてきた。

ズボンの上から陰茎を撫でる。屹立したそれをしごく。いくらか強めに。ズボンとパンツ越しだということを頭に入れた上での力加減だ。

「ねえ、欲しいの。あなたの逞しいものが欲しいの」

沙織が切羽詰まった声をあげる。荒い息遣いをつづけながら、右手をせわしなく動かす。ズボンのボタンを外し、ファスナーを下ろす。パンツから陰茎を引き出して、てのひらで包み込む。そこまでいっきにやり遂げたところで、彼女が粘っこい視線を送ってきた。

「意地悪」

厚い潤みに覆われた瞳は妖艶だ。セーラー服を着ているせいだろう。大人の女でありながらも、女子高生のスタイル。それが妖しさをつくりあげている。

「舐めてもいい?」

「たっぷりと」

「うれしい……。わたくしね、好きなの、お口の中がおちんちんでいっぱいになるのが……」

「セレブな人妻もそんなことを言うんですね。もう一度、言ってくれませんか?」

「意地悪。いやです、言いません」

沙織は睨みつけるような表情をつくった。もちろん、演技だ。その後すぐ、握っている陰茎の先端にくちびるをつけた。

舌をチロチロと動かす。笠の外周を舐める。笠の端の細い切れ込みに沿って舌を這わす。ねじこむように舌を差し込む。そういうことが男の快感になるとわかっているようだ。

陰茎のつけ根まで深々とふくむ。沙織の口の端からため息が洩れる。満足げな息遣いがあがる。長い髪が揺れる。セーラー服の襟の白い三本線が波打つ。本物の高校生だとは思わないけれど、それでもセーラー服を見ているといかがわしさが増幅する。今の体勢はちょうど彼女の顔は見えないから、なおのこといかがわしいかもしれない。

「ああっ、おっきい……」

「舐めたかったんですよね。思う存分、舐めていいですから」

「一時間でも二時間でも舐めていられそうよ」

「ほんとに？」

「言ったでしょう？　くわえるのが好きなんですって」

「ぼくも愉しいです、すごく」

「椎名さんは、フェラチオ好きなのかしら？」

「それが嫌いな男なんて、いないんじゃないですか」

「わたくしの夫以外は好きということになるのね」

天馬は答えなかった。その代わりに、腰を突き上げた。陰茎の先端が彼女の口の最深部に当たった。苦しげな呻き声があがったけれど、彼女は陰茎を外さなかった。

「もっともっと突いて」

「苦しいでしょ？」

「いいの、それが。わたくしのお口を目茶苦茶にして、陰茎を口の最深部に当てていった。

沙織は言うと、自分から顔を押し付けて、陰茎を口の最深部に当てていった。

淫らな女は苦しみも快楽に変えていた。

沙織は苦しげな表情を浮かべる。でもそれは彼女自身が望んだものなのだ。乱れる髪。膨らんだり凹んだりする頬。「うぐっ」という濁った呻き声とともに、彼女は最深部から陰茎の先端を戻す。

薄いくちびるの端から粘っこい唾液が溢れる。真っ赤になった美しい顔。厚い潤みに覆われた瞳は、深みを増した輝きを放つ。沙織は溢れた唾液をゆっくりと舌先で拭う。見せつけるように。男の荒々しい欲望を引き出そうという思惑がはっきりと感じられる。だからこそ、天馬は荒々しく振る舞う。

男と女のあうんの呼吸。痺れるような瞬間だ。男たるもの、どんなに興奮していても、女性の欲望に対しては敏感でいるべきである。そういうところから信頼関係はつくられるし、あうんにもつながるからだ。

「暑いの、すごく……」

沙織は言うと、セーラー服の脇のファスナーを上げはじめた。脱ぐつもりなのか？　天馬は慌てて彼女の手首を握って制した。
妖艶な三十五歳の人妻のセーラー服姿である。しかも広尾の超高級マンション
に住むセレブのフェチな姿なのだ。セーラー服を脱がしてしまうのはあまりに惜
しい。
「脱がないで、沙織さん」
「どうして？」
「こんなに妖しい姿なんて、たぶん二度と見られないと思うから」
「そんなことないわよ。気分が盛り上がれば、わたくし、いくらでも着ちゃうか
ら……」
「今度いつ会えるのかもわからないから、沙織さんのセーラー服姿を目に焼き付
けておきたいんです」
「セーラー服を着ていないと、ダメなの？　だったら、わたくし、ちょっといや
な気分です」
「じっくりと沙織さんを味わいたいんです。今夜は、ジェットコースターに乗っ
ているみたいに、いろいろなことをしましたからね」
「そうね、どの経験もちょっとずつしかしていなかったわね」

「そうでしょう？　だからこそ、たっぷりと時間をかけて味わいたいんですよ。次に会うチャンスがあったら、その時はセーラー服を着ないでくださいね」

「ふふっ、そうね。その時は、別のコスプレを用意しているかもしれないわよ」

「沙織さんは、おかしな人だ」

天馬は言うと、ソファから腰を浮かしてパンツを脱いだ。

これで自分だけが全裸だ。目の前に三十五歳のセーラー服の女性が坐っている。奇妙だけれど興奮する。アンバランスなところに欲情してしまう。

「椎名さん、ベッドルームに行きましょ。普段は主人とふたりで寝ているキングサイズのベッドに……」

「いいんでしょうか？」

「あなたには罪悪感があるの？　夫のいない間に、わたくしとこんなに絡み合っているのに」

「沙織さんが気にしないなら……」

天馬は彼女を立ち上がらせると、ベッドルームに向かった。初めて入る家だけれど、リビングルームの奥のドアがそこだと目星をつけた。

ドアを開けたが、部屋はなかった。五メートル近い廊下があり、突き当たりの両側にドアがあった。

「右側が寝室。左側の部屋がわたくし専用の広めのクローゼットになっているの。寝室と同じ広さなのよ」

「そこにセーラー服が置いてあったんですね。ほかにもありそうだ」

先導する沙織の背中に声を投げかける。短いプリーツスカートの裾が揺れて、太ももの裏側が見えたり隠れたりする。白い肌が艶めかしい。そこだけ見つめていると、十代の太ももに思えるから不思議だ。

女性というのは変化する。本格的に。時と場合が変化をつくる。衣装によってもつくられる。女性は思い込むことによって、成りきることができるのだ。天馬にはない感覚。理屈よりも感性を大切にして生きる女性ならではの長所といってもいいかもしれない。

ベッドルームのドアを開けた。

広い部屋だ。十五畳はあるだろうか。実家の八畳間を頭に浮かべて、その倍はありそうだと思う。

クローゼットがこの広さなのか。天馬は舌を巻いた。地価の高い東京の真ん中で、クローゼットのためにこれだけの広さの空間を遣うなんて。セレブの人の感覚が違ってくるのも致し方ない気がする。

キングサイズのベッドは、ほぼ正方形をしていた。ラブホテルでしか見たことのない大きさだ。ベッドカバーは上品なエンジ色のサテン。ふたつの枕は白色。天井は高く間接照明が薄く光っている。

沙織の手首を強く摑んだ。そのままベッドに押し倒した。それは彼女が暗に望んだこと。「きゃっ」という小さな叫び声。妖しさと期待に満ちた響き。プリーツスカートの裾がめくれる。

長い髪が乱れて彼女の顔を半分ほど隠す。ねっとりとした眼差しが、髪の間から注がれる。激しさを求めている光だ。女の欲望が剝き出しになった輝きだ。

「やめて、怖いわ、わたくし。お願いだから、乱暴にしないで……」

彼女は四つん這いになって、ベッドの頭のほうに逃げようとする。いやがっているのではない。慌てて逃げるフリをしながら、お尻を晒して誘っているのだ。しかも、乱暴にして欲しいからこそ、「乱暴にしないで」とさりげなく囁いたりもする。これは男の勘違いではないし、都合のいい思い込みでもない。彼女のねっとりとした瞳がそれが間違いでないことを物語っている。

沙織は四つん這いのままだ。首をこちらに向けて、くすくすっと笑みを洩らす。誘っている。乱暴にされることも求めている。

天馬はプリーツスカートをめくった。裏地がない。夏服だから当然だけれど、女子高生の秘密を垣間見た気がした。高ぶりが強まる。十代の女子には興奮しないのに。

「すごい眺めですよ、沙織さん。そのまま四つん這いでいてください」

「あん、だめ、見ないで」

「腰を振って」

「できません、そんな恥ずかしいことなんて……」

「やっているじゃないですか。見事です。沙織さんの大切なところがてかっています」

「ああ、だめ、もう……」

「お尻を突き上げてください。ぼくに見えるように」

「こう？　こうなの？　これ以上は苦しくてできない」

四つん這いの体勢だった沙織は上体をベッドに押し付け、お尻だけを高々と上げた。

これこそ男が妄想してきた女性の恰好だ。しかも、セーラー服。高ぶりのために頭の芯が痺れてクラクラしてくる。涙目になって、目の前の淫らな姿が滲む。腹筋に力を入れていないのに、陰茎が何度も大きく跳ねる。笠の端に溜まった滴は重力と動きに負けて落ちていく。でもすぐまた滴は溜まり、そこに彼女の肢体を映し込む。

「きれいですよ、とっても。めくれたヒダヒダがうねっています。セレブな女性って、こんなところまで上品なんですね」

「ああっ、いやっ」

「手入れをされているんですね」

「おけけをちょっと。でも、それだけ……」

「ご主人のために？」

「いいえ、違う。女のみだしなみのつもりでいるの」

「セレブな女性って、すごいことを考えているんですね」

陰毛の茂みを手入れするのは、夏だけだと思っていた。セレブにとってそういうことは季節に関係がないということだ。天馬はじっくりと彼女の手入れした陰部を見遣った。そこで気づいた。

陰毛を剃っているのだとばかりと思っていたが、そうではなかった。永久脱毛だ。剃った跡がまったくない。ごま塩のようなポツポツもなかった。でも、陰毛すべてがなくなっているわけではない。

永久脱毛した陰部にくちびるを寄せる。彼女はお尻を上げたままだし、上体もベッドに押し付けたままの恰好だ。

割れ目に舌をすっと滑らせる。甘い匂いが口に拡がる。セレブな女性の甘い香りには、香水の匂いが混じっている。

「沙織さん、大切なところに、香水を振っているんですね」

「身だしなみですから」

「生身の沙織さんの匂いを嗅いでみたいな」

「ううッ、そんなこと……」

「男っていうのは、人工的ないい匂いも好きですけど、女性の生の匂いも大好きなんですよ」

「ごめんなさい、主人は香水をつけていないと怒るから」

「どうして？」

「下品だって。生っぽくて気持悪いとも言われたことがあるの」

「ちょっとそれはひどいな」

「そうでしょ？」

「ええ、まあ」

天馬は曖昧な言葉しか返さなかった。彼女の旦那を悪者にしたからといって、気持がよくなるものではないからだ。夫婦に生まれている亀裂を広げるだけになる。そんなことをしても楽しくはない。

めくれた厚い肉襞を吸う。天馬も四つん這いだ。肉襞だけで口いっぱいになる。そこに粘っこいうるみが加わる。香水の入り込まないうるみが口の底に溜まる。生々しい匂い。これが沙織という女の匂いなのだ。

「ふたりとも四つん這いになっているんですよ」

「ああっ、すごい恰好なのね」

「ご主人に見せてあげたいな。快感に貪欲な妻だってことが、それでわかるでしょうからね」

「そんな意地悪、言わないで」

「うるみがどんどん溢れてきていますよ。襞もうれしそうにぶるぶるっと震えつづけています」

「ああっ、全身が震えているの。止めようとしても、止まらないのよ」

「ほんとですね」

肉襞をもう一度ふくんだ。彼女が言ったとおり、襞は震えていた。しかも震えながら、うるみを絞り出していた。滲み出るといった程度の量ではない。したたるくらいなのだ。

めくれていたプリーツスカートが落ちた。頭が覆われた。間接照明が届かなくなった。密室とは言わないけれど、閉ざされた空間に入り込んだ気分になった。

女子高生のスカートの中にいるようだ。しかも今、実際に割れ目を舐めている。剝き出しの陰茎の芯に脈動が走る。自分でチラッと触れると、それが刺激になって大きく跳ねるのだ。興奮すると、見境がなくなって、自分の指でもかまわなくなるのだろうか？

「ねえ、椎名さん、お願いがあります。とっても大胆なことだけど、聞いていただけますか」

「沙織さんの言うことなら、どんなことでも」

「うれしい……。だったら言ってしまいますね。今のその場所で仰向けになっていただけますか？」

「ということは」

「体勢を変えて、わたくしを可愛がって欲しいの」

彼女が何を望んでいるのかがわかった。

男の顔の上で、馬乗りしたいのだ。

天馬は言われるままに仰向けになった。顔はずっとスカートの中に入ったままだ。額に汗が滲む。生々しい匂いは明らかに濃くなっている。瞼を開けると、濃いうるみに目が染みる気がする。

「わたくし、一度でいいから、男の人の顔にお尻を乗せてみたかったの。はしたないでしょ？」

彼女は自分の体勢を説明しながら興奮した声をあげた。大胆だけれどウブな女性だ。だからこそ、可愛らしいと思うし、どんな無理難題でも聞いてあげたいという気になったりもするのだ。

陰毛の茂みに鼻を覆われる。数本が口にも入る。彼女の腰を摑んで、舌を動かす。クリトリスは肉襞の奥で屹立している。同時に舌でゆっくりと先端を舐める。小さな呻き声とともに、彼女の腰が浮く。同時に舌が離れる。荒い息遣いがおさまると、腰がしずみ込んでくる。舌はまたクリトリスを舐める。そして呻き声があがって腰が浮く。その繰り返しを何度もつづける。飽くことがない。快感は強まる。彼女の絶頂が近いことが感じられるようになる。太ももの内側のやわらかい肉の震えが大きくなっていく。ベッドが波打つ。彼女の背中がのけ反るのを感じる。

「わたくし、いきそう……」

「いってもかまいませんよ」

「あん、だめ。こんな恰好で、ひとりでいっちゃうなんて」

「エッチな女なんですから、それくらいは当然でしょう?」

「ああっ、意地悪」

天馬は応える代わりに、クリトリスを舌先で突っついた。「あっ」という弾んだ声。太ももとお尻の肉が緊張して硬くなる。絶頂に向かおうとしているのか?　ひとりで。しかも黙って。いかせるのも、そこで中止させるのも、男のやさしさではないかと思った。だから天馬は、敢えてクリトリスから舌を離した。

「あっ、だめ。どうして?　どうして離すの?　もうちょっとでいけるのに……」

「ふたりでいきたいと思わないんですか?」

「意地悪。椎名さんが、いってもかまわないって言ったから……」

「それでも我慢してくれると思ったんです」

「ああっ、ごめんなさい」

彼女はうわずった声で言うと、体勢を変えた。そして拝むようにして小さく謝った。男と女の綱引き。彼女となら、それがマイナスには向かわないと思う。その確信がなければできない駆け引きだ。

彼女は寂しいのだ。心の微妙な変化を感じ取れる。男をやり込めたいと思うこともあれば、言いなりになりたいとも願う。ひとつの心で同時にそれが芽ばえる。変人だからではない。夫に愛されていない心の寂しさを埋めようとしているから。

だから天馬は意識的に、彼女の言うことに茶々を入れる。無視しないことが彼女の寂しい心を豊かなものに変えていくはずだから。そしてその先に、大胆なことを平気で晒せるひとりの女が生まれるのだ。

「わたくしって、悪い女でしょ？」

「もっと素直な女性かと思っていました」

「叱ってくださいね」

「ほんとに反省していますか？」

「はい、椎名さん」

「だったら、真心を込めて、ぼくのものを舐めて欲しいな」

「真心？　どうやって？」

「ぼくに訊かないでください。そういうことは、沙織さん自身が工夫して表現するものでしょ？」

「フェラチオが、女にとっての表現ということ？　ああっ、素敵」

彼女は感極まった声をあげると、陰茎をむさぼるようにふくんだ。

沙織の舌遣いが熱を帯びてきた。

彼女は真心をフェラチオによって本気で伝えようとしているのだ。舐め方が激しい。くちびるをすぼめて幹を圧迫した時など、食いちぎられるのではないかと思ったくらいだ。でも、技巧的ではなかった。それでも快感は強烈だった。陰茎を自分の軀の奥深くまで入れようという迫力や愛情が感じられた。

女性が真心で向かってきている。ならば、男も真心で応えるべきだろう。素直な女性には、男も素直さで応えるべきだとも思う。それでこそ、男だ。天馬は決心した。彼女の着ているセーラー服を脱がして全裸でつながることにしよう。

女を求める男の純粋な欲望をぶつけてあげたいと思う。彼女の寂しさを埋められるのは、単に軀の交わりだけでは無理なのだ。心をぶつけていかないと。

「沙織さん、ああっ、すごく気持いいですよ。外でくわえてもらった時よりも刺激が強い気がします……」

「それってお世辞？　スリリングなほうが、男の人は好きでしょ？　気持いいんでしょ？」

「正直言って、確かに軀は気持いいですよ。でもね、そんなことよりも心が重なり合っている今のほうがずっと気持いいかな」

「ほんと？」

「嘘をついているかどうか、わかるんじゃないですか。気持よくなかったら、ここまでの勢いは生まれていないと思います」

「そうなの？　ああっ、ほんとなのね。わたくし、うれしい……」

「ぼくだって」

「セックスの時には、気持いいとは思っても、うれしいと思ったり、それを言葉にしたのって、わたくし、今が初めての気がするわ」

「セーラー服、脱いで」

「いいの？　このほうが興奮するんでしょ？」

「ちょっと名残惜しいけど、そんなことよりも大切なことがあると思っています。だからこそ脱いで」

彼女は頬を紅潮させながらうなずいた。その赤みは性感によるものではない。心の高ぶりによるものだ。瞳を覆っている潤みにさざ波が立っている。今にも泣き出しそうな表情になっている。

天馬は彼女を見てつくづく思う。セレブな女性であっても、超高級マンションで暮らしていても、デパートの外商部とのつきあいがあっても、心が満たされていないとしたら、けっして幸せではないのだと。

沙織が全裸になった。

美しい肢体だ。しなやかな軀から濃厚な色香が放たれている。成熟しているのに初々しさが感じられる。男を包み込んでくれる女のおおらかさも伝わってくる。それは瞳の耀《かがや》きからも、指先の動きからも、口元に浮かべるやさしい微笑からもだ。

魅力的な女性だ。これほど素敵な妻がいるのに、夫は仕事にかまけて無関心だとは。もったいない。心からそう思う。夫の宝物のはずなのに、宝物だと気づかないなんて。

「もう一度、椎名さんの逞しいものをお口にふくんでもいいかしら？」

「もちろん。そうして欲しいと思っていました」

「それだったら、言ってくだされぱいいのに。わたくしに遠慮なんてしないでください」

「それじゃ、言います。沙織さんが納得するまでたっぷりとくわえてください。お願いします。それをぼくは味わってみたいんです」

「それって、わたくしのため？　椎名さん自身のため？」

「ぼくの欲望です」

「よかった……。それならわたくし、あなたのためにしてみます」

沙織は乱れた長い髪を梳き上げると、小首を傾げながら微笑んだ。

屈み込んで陰茎を握る。垂直に立てる。くわえ込まずに、顔を横にして、幹を舌先で突っつく。笠の端からつけ根までを何度も往復する。その間も彼女は瞼を開けていて、大きな目で見つめている。

男の心に嘘がないかどうか確かめているようだ。天馬はそれを面倒だとは思わない。もしそう感じたのなら、互いに不幸だ。お手軽なつきあいをしたいなら、そうした相手を選ぶべきである。沙織のように心が弱っている女性には、真剣なつきあいをしなくてはならない。たとえ、不倫であってもだ。

陰茎をくわえる。深々とつけ根まで。くちびるの先が下腹部まで到達したくらいだ。口の最深部の肉の壁の先まで導く。それは喉の領域だ。咳込むのを我慢している。苦しげな呻き声が洩れる。器用そうでいて不器用な彼女。そんなふうにしてしか、真心を伝えられないのだろう。

ふぐりだけを舐めはじめる。唾液を皺の溝に塗り込むように丁寧に。そこに男の性感帯があることはわかっているらしい。たっぷりと時間をかける。鼻の先端を滑らせて愛撫したりする。縮こまったふぐりと太ももとの間に舌をねじ込む。

「椎名さん、足をもっと開いて。恥ずかしいですか？」

「沙織さんが望むなら、どんな恰好だってします」

天馬は足を開いて膝を立てる。彼女は顔を股間に埋める。それだけにとどまらずに、両膝の裏側にてのひらをあてがって、押し込んでくる。ふぐりの奥のいわゆる蟻の門渡りと呼ばれているあたりを舐めようとしている。腰や股関節の硬さを呪いたくなる。それでも快感が強い。軀の硬さを辛く感じても、我慢しようという気になる。

舌が滑っていく。ちょうどそこには陰毛は生えていない。すべすべしているためか、快感をダイレクトに感じ取れる。気持いい。ちょっと間違えたら、舌はお尻を掠めそうだ。それでも彼女の舌はひるんでいないし、迷いもない。快感を引き出そうという熱い想いが、舌の動きからはっきりと感じられる。

舌の熱さに下腹部がうねる。

陰茎はなぜか、反応しきれていない。あまりの刺激の強さのせいだろうか。硬いけれど強くなっていない。だからといって快感が小さいわけではない。気持よさと勃起とが直結していないのだ。こんな快感があったのかと驚く。三十後半にして教えられた性の深みである。

「女の人みたいに、いやらしい声を出してしまいそうです」

「いいんじゃない？　さあ、遠慮しないで。うれしいわ、わたしの愛撫でそこまで感じてくれるなんて」

「そこは生まれて初めて舐めてもらったところです」

「わたしだって、男の人のそこを舐めたのって初めてです。気持いいみたいね」

「すごく……。だからこんなに、軀がいちいち反応しているんです」

「演技ではなかったのね」

「違います。そんなことをする必要はないでしょう」

「よかった」

「ぼくはひとつ、新しい発見をしましたよ。沙織さんのおかげです」

「何？」

「快感が強すぎると、勃起を忘れることがあるって……」

天馬はためらいがちに言った。それは確かに感じ取ったことだ。ふぐりの下側を舐められている時、あまりの快感の強さに頭の芯が痺れた。でも、それは勃起につながる刺激にはならなかった。かえって萎えそうになったくらいだった。

「男の人の軀って不思議ね」

「それを言うなら、沙織さんの軀のほうがもっと不思議ですよ」

「わたくしなんて単純そのもの。男性に求められた時にこそ、わたくしは存在できるし、そんな時にだけ幸せだと感じられる女だから……」

「あなたのような素敵な女性なら、男は皆求めますよ。旦那だけかもしれないな、求めないのは」

「それこそがもっとも不幸な典型じゃないかしら」

「決めつけないほうがいいですよ。自分で枠をつくってしまうと、そこから抜け出すのは大変だから」

「だったら、今この瞬間だけでも椎名さんに幸せにして欲しいな」

「努力していたつもりですけど、沙織さんには伝わっていませんか」

「ありがとう、ほんとによく伝わっています。だから、心を明かせているんだと思うの……。わたくし、セックスの時にこういう会話をしたことがないから、実はすごく不思議な気持なの」

「夢中になって愛撫をつづけるだけがセックスではないってことじゃないですか？　真剣勝負のように求め合うこともあれば、だらだらとじゃれ合うようなセックスもあるし、互いの気持いいことを確かめ合いながら触れ合うこともあるはずです」

「セックスって豊かなものだったのね。よかった、それがわかって」

沙織は満足げにうなずいた。それは男にとっても最高の喜びの瞬間だった。愛撫によって絶頂に導くよりも満足感が深いようにも思えた。セックスの素晴らしさを教えられたなんて。お互いに幸運だ。触れ合った女性すべてに伝えられるものではない。相性が合ったのだろうし、互いに求め合った結果でもあるだろう。

その根底には、信頼や敬意があるからだと思う。

彼女を仰向けにする。

天馬は彼女に寄り添う。それだけでもうれしい。心が近づいているのがはっきりと感じられる。

クリトリスをまさぐり、乳首を吸う。陰茎の芯が硬くなる。蟻の門渡りを舐められている時とは大違いだ。先端の笠の外周がうねる。笠の端の細い切れ込みに透明な粘液が滴となって溜まる。

彼女への愛撫は、同時に、挿入のための準備にもなっていた。蟻の門渡りの愛撫の時は、快感だけのために自分だけに存在していた。彼女を悦ばせようとか、愉しませようといった気持はなかった気がする。そういう時の快楽は、勃起に直結しないということなのだ。

割れ目を舐める。彼女の足の間に入って。たっぷりと唾液を流し込む。厚い肉襞を吸う。軽く嚙む。湿った息を吹きつける。粘っこいうるみが溢れ出てくる。生々しい匂いが口いっぱいに拡がる。さらさらしたうるみも滲み出る。甘い匂いが加わってくる。愛撫の醍醐味がここにある。割れ目は彩りに富んでいる。

クリトリスを舐める。

先端が尖っている。活力に満ちたクリトリスだ。三角錐の形をしたそれのつけ根がうねっている。わずかに溝があって、そこに白く濁ったうるみが湛えられている。

「もうだめ、わたくし。椎名さん、きて、お願い」

「ぼくも沙織さんが欲しい」

「今すぐ、ねっ、いいでしょ。焦らさないで。もうたっぷりとお互いに愛撫をしたはずでしょ？」

「深くつながるだけですね。旦那と寝ているベッドで……」

「あん、言わないで」

沙織は顔をわずかに横に向けた。その後すぐに、いたずらっぽい眼差しと微笑を浮かべた。美女の表情というのは刻一刻と変わるものらしい。だから男は戸惑うし、不安になったりもする。でも、今の天馬に不安も戸惑いもなかった。

沙織は自分のものだ。

腕の中にいるからではない。心をがっしりと摑んだという確信が、男の自信につながっているのだ。それは陰茎の硬さにも好影響を与えているようだった。

芯から硬くなっていて、それがまったく変わらない。しかも、性欲は膨らみつづけている。男の迫力を伝えようとか、男の衝動の強さを感じさせようという、若々しい意欲までも生んでいた。自信がいかに大切かと感じる。セレブな女性を相手にする時には特に。それが男にとっての唯一の拠《よ》り所になるのだ。

腰を動かして陰茎を操る。

割れ目をすぐに探り当てる。肉襞がへばりついてくる。ねっとりとした襞は、割れ目の奥に導く動きをしている。彼女にとってはそれだけでも快感らしい。呻き声を放つ。両足をあげて、腰に絡めてくる。

「いいこと、もう逃がさないから。これ以上は、焦らそうとしてもできないでしょう？」

「すごいな、沙織さん」

「あなたに言われたとおり、素直になっているの、わたくし……」

「ぼくたちはひとつにつながるんです。まさか、昼間に会った時、こうなるとは思いませんでした」

「わたくしには予感があったわ」

「ほんとに？」

「だから、電話したの」

沙織が抱きついてきた。張りのある豊かな乳房を胸板に押しつけながら腰を上下させて挿入をねだる。まるで、全身が割れ目になっているようだった。女の欲望が剝き出しになっていた。それこそ、天馬が望んでいることでもあった。

笠を挿す。ゆっくりと。うるみが噴き出す。沙織がのけ反る。足の筋肉が硬直する。乳房が大きく上下に動く。彼女は性的な高ぶりにまみれていく。男が素直に喜びたくなるくらいに激しくだ。

「ああっ、もっと深く突いて。あなたを感じさせて」

「気持いいよ、沙織」

「わたくしのこと、呼び捨てにしてくれるのね。ああっ、いいっ。あなたの好きにしてください」

「昇る時は一緒だからね」

「わたくし、すぐにもいけそうよ。どうしたらいいの？　男の人は何度もいけないんでしょ？」

「最高の絶頂の時に一緒にいこう」

「はい、わかりました」

彼女は素直にうなずくと、腰を上下させた。天馬が腰を突くと、彼女も腰を上げた。深い挿入になる。恥骨同士もぶつかる。タイミングが合うと、クリトリスと陰茎のつけ根が当たるようでもあった。それが彼女には気持いいらしい。

三分、五分と挿入したままの時間が過ぎていく。ふたりの重なっている下腹部が汗まみれになる。時折、何かの拍子に破裂音がそこから生まれる。ふたりとも笑わない。ねっとりした妖しさが増幅していくだけである。ふたりは愉悦を求めていた。そして求めれば得られた。欲が深まり、次の悦楽を求めれば、それも叶えられた。ふたりの性の悦びは同じボルテージに達していた。過不足なく。相性がいいからこそだ。

「いきそうよ、あなた」

「最高に大きな波かい？　もうこれ以上ないって波かい？」

「そうよ、ああっ、昇っていくわ。このまま突かれたら、わたし、止められないかも」

「大丈夫。沙織が昇るタイミングに合わせられるからね。ぼくもいつでもいけそうなんだ」

「いって、椎名さん。わたくしがあなたに合わせるから」

「いいのかい？」

「男の人に本気で従いたいの。それがわたくしの満足になるから……」

彼女は囁くと、しがみつくようにして抱きついてきた。割れ目の奥が激しく震えるようにうねりはじめていた。絶頂は近い。火照りも強まっている。息も切れ切れだ。掠《かす》れた呻き声があがりつづける。けだものになったように。それが高ぶりをさらに強めていく。

「もうすぐだ。沙織。もうすぐだ」

「きて、ああっ、そうよ。さあ、今よ、きて」

「いくぞ、いいな」

「ああっ、いきます。わたくし、昇っていく。すごい、昇る、信じられない、あっ、だめ。どこまでもいっちゃいそうよ、あなた、強く、強く抱いて、お願い、離さないで」

沙織の甲高い声が響く。硬直した全身が絡みついてくる。天馬も昇っている。白い樹液が陰茎の芯を駆け上がる。快感は強い。どこまでも愉悦は拡がっている。白い樹液を吐き出しきった後も快楽はつづいている。

第四章　貪欲さを離さない

下北沢に足を踏み入れたのは、いつ以来だろう。三年ぶり？　いや、もっとだ。五年は経っている。

若者がとにかく多い。デパートの催事担当者として人混みには慣れているはずの椎名天馬《しいなてんま》でも、この街の若者の多さには驚いてしまう。私鉄の小田急線と井の頭線が交差していて交通の便がいいし、魅力的な小さな店がたくさんあることも、若者が集まる理由になっているのだろう。

狭い道路の両側には、間口の狭い店。歩いても歩いても店はつづく。角を曲がれば、別の表情をした商店がある。縁日を練り歩く気分になって愉しい。こんなところに、催事担当者として、集客につながるヒントがあると思う。

天馬は仕事の合間を縫うようにして、人気のある街や店を訪ねるようにしている。それは東京に限ったことではない。北海道に行列のできるラーメン屋ができたと知れば行くし、博多に人気の屋台があるとわかれば、それを味わいに行く。同僚には言っていない秘密の努力である。

人の好奇心や望み、購買心理というものは年とともに変わる。変わらないものもあるけれど、すべてが不変ということではない。だからこそ、現地に行って雰囲気を味わうことが大切なのだ。実は最近、そうした意欲は女性とのつきあいでも同じではないかと思うようになった。女性にもてなかった時には考えられなかったことである。

親しい女性がひとりでもいればいいというのではない。そんな欲のないことでは、男としての意識は硬直してしまう。多情であっていいと思う。魅力的な男であるためには、欲の深さを捨ててはいけないとさえ思うようになっていた。

天馬は今、声をかけようとしている女性がいる。目当てのその人は、ハンバーガーを選んでいる。もちろん、見ず知らずの女性だ。二十四、五歳。ストレートの長い髪、ふっくらとした頬、パンツスタイルだからわかる長い足、たっぷりとしたバスト……。

昼過ぎに下北沢にやってきてから、彼女とは六回も出くわしていた。最初は駅の改札。次は喫茶店。その次は帽子専門店、団子屋、古着屋、雑貨屋とつづき、このハンバーガーショップで七回目だ。

狭い街だから偶然にも出くわすことはあるだろう。それにしても、七回は多い。だからといって、そこに運命を感じてしまうほど単純ではない。以前の天馬だったら、このままやり過ごしてしまっていただろう。いや、そもそも、同じ女性といろいろな場所で何回も出会っていたと気づかなかったはずだ。

相手の女性がごく普通で目立たない子だったのに、なぜ気づいたのだろうか。理由はひとつ。妻しか知らなかった時よりも、男として成長しているからだ。つまり、女性と深いつきあいを経験したことによって、男の感性が磨かれたのだ。

天馬はオーダーしたアイスコーヒーを受け取ると、窓際の席に腰を下ろした。テーブルふたつを挟んだ右側に、彼女は坐っている。マフィンを二個とオレンジジュース。演劇のパンフレットを読みはじめている。

彼女も気づいている。二時間弱の間に、何度も顔を合わせている男がいることを。その証拠に、パンフレットに視線を落としながらも、チラチラと目を向けてきている。

声をかけようかどうしようか。

迷う。ものすごく迷う。迷うことで胸が締めつけられていく。四十近い男が片思いをしていた中学生の頃の心に戻ったようだ。愉しい。すごく愉しい。迷うことも、胸を締めつけられることも……。迷ったり愉しんだりすることで、自分の人生がほんの少し豊かになった気がする。

迷いもためらいも消えない。今のこの時代は、セクハラだとかストーカーといったことに気をつけなければ、身を滅ぼしかねない。見ず知らずの彼女に気味悪がられたら、下手をすれば、社会的にも抹殺されかねない。大好きな仕事を辞めなければいけなくなったりもする。つまり、女性に気軽に声をかけられない時代になっているということだ。声をかけるにしても慎重にしなければ。

彼女を観察する。

上くちびるが薄くて、下くちびるがぽってりとしている。男好きのするくちびるだ。長いまつ毛と奥二重がつぶらな瞳を大きく見せている。化粧は薄い。健康的な印象を与えているのは間違いない。でも、それだけではない。茶系のアイシャドウ、黒色に近い茶色のアイラインが、女の妖しさを漂わせている。長い爪には細かいラメを付けている。下品にならない程度に抑えているところに、この女性のセンスや育ちの良さを感じてしまう。

長い髪はうっすらと茶色に染めている。販売系のＯＬ？　世田谷あたりの出身？　気張っていない洋服を着ていることが、東京出身者に思える。派手な雰囲気が漂ってこないところからして、ごく普通の会社のＯＬだと想像できる。

彼女が席を立った。でも、天馬は動けなかった。声をかけるだけの勇気がなかった。視線を送ってきてくれたら勇気が出たかもしれないけれど、彼女は視線を一度も合わせることなく店を出てしまった。

もう一度、どこかで出会ったら、声をかけることにしよう……。

天馬は勇気のない自分を元気づけるために、そんなことを思った。いくらなんでも、八度はないだろう。次に出会ったら、声をかけるだけの立派な理由になるはずだ。

五分待ってから店を出た。雑踏の中を歩く。雑貨屋を三軒覗いてみたけれど、気もそぞろだった。当然だろう。彼女にまた会ったら、声をかけようと決心したのだから。

結局、会えなかった。仕方がないことだけれど……。

残念だった。下北沢駅の改札を通る時、ファストフード店で声をかけなかったことを本気で後悔した。知り合えるチャンスが目の前にあったのに、みすみす逃した気がした。新たな出会いが、新たな喜びをもたらしてくれるはずなのに。

「こんなに何度も偶然があるなんて、変だと思いませんか」

女性の声が背中に投げられた。親しみのこもった笑い声がつづき、もう一度、

「こんなに何度も偶然があるなんて」という言葉があがった。

彼女だ。

天馬は振り返った。駅のホームに立つ彼女は微笑んでいた。二十代半ばの表情は耀いていた。

「またお会いしましたね」

天馬は言う。朗らかな声をあげようと思ったのに、緊張していて、ひび割れたような声になっていた。笑っているつもりなのに、怖い男の顔になっている気がした。

「これだけ何度も会ったら、気味が悪いですよね。わたし、そういうことを信じやすい女なんです」

「ぼくも気づいていました。でも、正直言って、ファストフード店では声をかけられませんでした。八度目の偶然があったら、絶対に声をかけるって決めていました」

「変ですね」

彼女は言った。可笑しそうな表情。笑い声をあげると、豊かな乳房が上下に大きく揺れた。シャツに皺が生まれ、そこに女の色気や妖艶さといったものが宿ったようだった。

「わたしはこれで九回です。きっと、数え方が違っているんですね」

「そうなんだ、九回になっていたなんて……。だとしたら、こうして話しているのも偶然ではないね」

「断っておきますけど、わたし、自分のほうから男の人に声をかけたのって、今回が初めてなんです」

「わかっていますよ。何か理由があったから、ぼくに声をかけてくれたってね……」

天馬は名刺を出した。彼女に警戒感を抱かれたくなかったからだ。プライベートの時でも財布の中に数枚の名刺を入れていた。それが今回役に立った。

「新宿のデパートで働いているんですかあ。すごいなあ」

「ところで、ホームで立ち話をしているのも変ですから、とりあえず、お茶でもどうですか」

天馬は自分の言った言葉に恥ずかしくなった。顔が赤く火照って軀からいっきに汗が噴き出た。ナンパのセリフを口にしたのは、二十年ぶりくらいか。似合わない言葉だと思った。でも、ほかに浮かばなかったのだから仕方ない。

ふたりは下北沢の街に戻った。

喫茶店に入る。三十代後半の男と二十代の半ばの女。似合わない組み合わせ。あたりを見回した後、援助交際と思われかねないなと思った。でもそれさえも痛快だ。これだから人生は愉しいし面白い。

「いろいろな出会い方がありますけど、もっとも古典的な出会い方のような気がしますよ」

「古典的かどうかなんて、わたし、わかりません」

「そうだよね。ぼくだって、断っておくけど、見ず知らずの女性といきなりお茶を飲んだりすることは何十年もなかったよ」

「若いのに、何十年だなんて」

「それってお世辞？　これでも、もう三十代後半なんだからね」

「見えません、そんな齢になっているなんて……」

ぎこちない会話がつづく。まるで初めて入ったキャバクラでの女の子との会話のようだ。とりとめない内容。親しくなろうという意思が汲み取れない会話。でも、それも当然か。知り合いを介した出会い方ではないのだから。

「魅力的な女性との出会いというのは愉しいものです。よかった、声をかけてもらって」

「わたし、この後用事がありますから、あと二十分ほどで、お先に帰らせてもらいますね」

「また会えますか？」

「どうして」

「出会ったんだから、会いたいと思うのは自然じゃないかな。変かな？　ぼくの考えは……」

「このまま別れたら、もう、偶然はないでしょうね。次に会うためには努力をしないと」

「うん、努力しないとね。誰かが導いてくれるんじゃないと思うな。ふたりのどちらかが積極的になることで、親しくなれるんだから」

「だったら、次は男性が積極的になるのが普通でしょ？」

「そうだね、声をかけてもらったんだから……。次は、今夜ということにしない

か い？ おいしい夕飯を一緒に食べようよ」

「いきなり、ですか」

「次に会う機会というのは、いつでもいきなりじゃない？　もうひとつ加えるなら、突然とか強引という言葉かな？」

「強引がぴったりです」

彼女は睨みつけるような眼差しを送ってきた。嫌がっているかどうかくらいの判別はつけられる。夕食を一緒にとってもかまわない、と彼女の瞳は物語っていた。でも、この後でまた再会するというのは難しい。彼女だってそう思うだろう。

「用事もおつきあいしますから、夕御飯まで一緒にいましょうか」

天馬は思いきって言った。強引だとわかっていたけれど、時には強引さが必要なのだ。自分を納得させた。それだけの強引さで迫るだけの女なのかどうか、それはまだわからない。でも、今は強引にすべきだと心が訴えていた。

女ならば誰でもいいというわけではない。天馬は信じていた。男たるもの、出会ったという実感のある女性からは何か意味のあることが必ず得られると。意味のない出会いなどないし、意味がなければ出会わないということだ。

夜になった。

ホームで声をかけられてから、五時間は経っているだろうか。初対面の女性と長い時間一緒にいるのは精神的にきついはずなのに、あっという間に時間が過ぎた。ずっと楽しかった。

吉田美紀《よしだみき》。群馬県高崎市出身の二十五歳。渋谷に本社のあるIT系のベンチャー企業に勤めているといったことを教えてもらった。井の頭線沿線に住んでいることもあって、下北沢には休みになると遊びに来ているということだった。東京出身者という予想はあっけなく外れた。

下北沢のイタリアンレストランに入った。いきあたりばったりに。インターネットカフェにでも入って、下北沢のレストランガイドでも調べようかと思ったけれど、彼女がIT系の会社で働いているというのを聞いてやめたのだ。

生ビールで乾杯する。天馬は不思議な気がしたけれど、こういうことも楽しめないといけないと思い直した。出会いから夕食まで、ジェットコースターのように、猛烈な勢いで動いた。妻が実家に帰ったからこそできることであった。妻の母が風邪で寝込んだためだ。

「男と女というのは不思議だよね。数時間前まではまったくの他人だったのに、今じゃ、この出会いに乾杯までしているんだからね」

「東京ってすごいなあ」

彼女が感心したようにため息を洩らした。二十五歳にとっても、三十後半の男にとっても、こんな出会い方を許してくれるのだから、東京はやはりすごいのだ。

「わたしたちって、これからもっと親しくなるんでしょうかね」

生ビールの次に頼んだ白ワインが残り少なくなったところで、美紀はあっけらかんと言った。どういう意味で口にしたのか。酔いにまかせて誘っている気もしたけれど、天馬には咄嗟に理解できなかった。

「ぼくだって親しくなりたいと思っているよ。一緒にいて楽しいからね。それに何時間も一緒にいるのに、ちっとも苦にならないしね」

「わたし、初対面の人と話すのって、苦手だったはずなのに……」

「だからこそ、ぼくたちは出会ったと考えたほうが自然じゃないかな」

「ふふっ、そうなんですね」

「ということは、もっともっと親しくなっていいってことだ」

天馬は微笑んだ。自分の言葉がいかにもエッチな意味合いを含んでいたから、少し照れた。こんなことを平気で口にする男ではなかったのに。彼女がそれを言わせているのだと思ったり、男として自分がこういう情況に慣れてきたからだと思ったりした。いずれにしろ、恥ずかしいはずなのに、言葉は滑らかだ。

デザートまで辿り着いた。約一時間半。会話は尽きない。一緒に過ごす時間が長くなっていけばいくほどに、彼女の魅力に引き込まれていくようだった。やさしいし、よく気がつく。妻よりもよっぽど気遣いができるようだった。しかも、無理している様子ではないのだ。

美人で気立てがいい。しかも素朴。これでセックスの相性が合ったら、夢中になってしまうかもしれないと思った。それは既婚者にとっての危惧《きぐ》となった。だからこそ、セックスしてはいけないと先回りして自分を戒《いまし》めた。

「おいしかったです、とっても。椎名さん、本当は事前にこの店のことを調べていたんじゃないですか」

「残念ながら、違うんだなあ。たぶん、一緒に食事をする相手がよかったんじゃないかな」

「年上の男の人って、言葉が上手。変な気分になっちゃいます」

「いい気分になって欲しいよ。それが一緒に同じ時間を過ごしている男にとっている気がしません」

「わたしなんかと会って、楽しいんでしょうか。椎名さんに、何かを与えられて

「もちろん、いいよ」

「また会ってくれますか？」

の最高の望みだね」

「一緒にいてくれるだけで、楽しみを与えてもらっていると思うよ」

「よかった……」

美紀はぺろりと舌を出した。可愛らしかった。同時に、猛烈にエロティックに感じられた。誘われていると直感した。

イタリアンレストランの席を立った時には、夜十時を過ぎていた。

天馬は美紀と並んで歩きはじめた。夜風が気持いい、下北沢の路地。この時間でも人通りが多いけれど、大多数は駅に向かっているようだ。今夜の宴《うたげ》の終わりは近い。そんなことを予感させるだけの寂しさの混じった空気が漂っている。

「お腹いっぱい食べちゃいました。もうこれ以上は入りません。ほんとに、ごちそうさまでした」

美紀は丁寧にお辞儀して微笑んだ。天馬も笑みを湛えながらうなずいた。二十

五歳の彼女の屈託のない満足げな顔が、年上の男にとっては気持よかった。

大半の店は閉じている。どこかの店に入るあてのないふたりは、駅に向かう人の流れに自然と乗った。帰る頃合いだ。出会ったばかりなのだから今夜のところはこの程度にしておいたほうがいい。そう思いながらも、天馬は名残惜しくて、歩く速度をさりげなく遅くした。

レストランで見せた彼女の舌を出すしぐさを思い出す。女の色気を猛烈に放っていた。濃厚なエロティシズム。あの時、確かに彼女に誘われた。その実感はまだつづいているのだ。なのに、このまま別れてしまっていいのか？　チャンスは二度と訪れないかもしれないぞ。そんな迷いの言葉を胸の裡で繰り返すことで、彼女を引き止める勇気を引き出そうとしていた。

駅舎が見えてきた。

間抜けな誘い文句しか思い浮かばない。誘うことに慣れていない自分を呪《のろ》いたくなる。それでも何か言わないといけない。焦る。そのせいでたった生ビールと白ワインしか飲んでいないのに酔いが巡る。

欲しいものは、自ら求めなければ得られないのだという思いが募る。男たるもの、成り行きに任せてばかりではいけない。欲しいものを得るためには、自分の気持を明かす勇気を持つ必要がある。たとえ、情けないくらいに平凡な誘い文句しか思いつかなくても。自分の気持を伝えなくては、後悔するだけだ。

「もう帰るのかな? 軽く飲むっていうのはどうかな。もう少し、一緒にいたいんだけど……」

やっぱり平凡な誘い文句だった。でも、少し満足した。そして、少しおおらかな気持になれた。

天馬は妻以外の女性とのつきあいをするようになって、最近よく思うことがある。サラリーマン生活をつづけるということは、後悔と反省を積み重ねることではないのか、と。それは変えられるものではない。サラリーマンとはそういうものだから。ならば、プライベートの時だけでも、後悔しない行動をしたい。そう願うようになった。

「ふたりは出会ったんだよね。そのことを、ふたりでもっと確かなものにしてみたいんだ」

天馬はつづけて言った。陳腐な言い草に思えた。センスのない言葉。顔が火照った。でも、満足だった。

女性とのつきあいまで後悔にまみれていたら、自分の人生のすべてが後悔だらけになってしまう。ふっとそんな恐れを感じた。人生を充実させたいために湧き上がった男としての危機感。そんな想いに突き動かされたからこそ、美紀を誘う言葉を口にできたのである。

なぜ、出会ったばかりの彼女に魅力を感じるのだろう。高ぶった心の中にわずかに残る冷静さが分析を試みる。向かい合ってくれるから。それが理由だ。純真無垢な心で、美紀は自分に向かってくれるからだ。

妻の場合はまったく違う。妻とは目も合わさずに会話をはじめ、そして終了する。最低限の事務連絡は取れるけれど、それでは心が通うはずがない。

「確かなものって、何ですか？」

美紀は見つめてくる。瞳の奥にある想いまで見通すくらいに強い視線で。それも彼女の魅力だ。

「触れ合いだと思うよ。誤解されたくないんだけど、セックスしたいっていうわけじゃないからね」

「セックスしないで、触れ合うことができるんですか？　手をつないだり、腕を組んだりすること？」

「肩を揉んであげたりとかかな」

「もう、椎名さんたら……。茶化さないでください。わたし、そういう話題について は、真剣に話してみたいと思っていたんですから」

美紀は笑顔で言い、天馬も微笑で応える。ひと回り以上も年齢が上なのに、彼女はそんな差を感じさせない。馴れ馴れしいくらいだけれど、天馬には心地いい距離感だ。

「正直に言っていい？」

「はい、どうぞ」

「たぶん、一緒に酒を飲むだけじゃ、この出会いを確かなものにはできない気がするんだ」

「セックスしないといけないっていうこと？ なんだか、すっごく言葉が上手。椎名さん、本当は、セックスしたいだけなんでしょ？」

「セックスはしたいよ。でも、性欲を満足させるためだけにやっても、つまらないと思っているんだ」

「どういうことですか？」

「触れ合っているという実感がないと、セックスはつまらない。好きじゃないとできないし、嫌な相手としても、愉しくないだろ？」

「当然です。そんなことをしたら、間違いなく、自己嫌悪に陥ってしまいます」

「今はどう？　自己嫌悪に陥りそうな気分？」

天馬は彼女の気持を確かめるように、二重瞼の奥の瞳を覗き込んだ。美しい目。曇りも澱みもない。疑うことを知らない目でもある。

目が笑った。頰の筋肉が緩み、口元に穏やかな微笑が湛えられた。

「今はぜんぜん。椎名さんと話していると、すごく愉しいですから。でも、セックスしたら後悔して、自己嫌悪に陥っちゃうな」

「そうかもしれないね。ぼくはこの出会いを大切にしたいから、無茶なことはしないよ」

「でも、飲みたいんですよね。出会いが確かなものだって実感したいために……」

「うん、そのとおり」

「男の人って強引で、わがままなんだなあって思います」

「そう？　無茶な誘い方はしていないつもりだけどな」

「だけど、結局のところ、触れ合わないと、出会ったと実感できないってことですよね」

「そういうことは、タイミングだからね。いくら頭で考えていても、タイミングが合わないとできないものじゃないか」

「そうですね。ふたりの気持が盛り上がらないと……」

「だから、次の機会でいいと思うんだ。出会ったばかりで、そこまでは無茶だと思うからね」

「そうでしょうか？」

彼女はためらいがちに切り返してきた。今すぐにでも触れ合いたいと言わんばかりだった。天馬は息を呑んだ。次に会った時に親しくなればいいと思っていたから、彼女の返事は予想外だった。

「無茶ではないってこと？」

「会っている回数ではないと思うんです、わたし。何回会っても、性的なことまで話せない男性もいますし、椎名さんのように、嫌味やエッチな雰囲気を感じさせずに、性的なつながりを持ちたいという男性もいるということです」

「よくわからないな……。美紀ちゃん、お願いだから、ぼくでもわかるように、今の君の気持を説明してくれるかな」

「つまり、タイミングが合ったということです」

「何の？」

「触れ合いたいという……」

「ということは？」

「よかったら、わたしのアパートに来ませんか」

美紀はそこまで言うと、頬を真っ赤にしてうつむいた。どういう意味なのか理解した。同時に、ズボンの中で埋まっている陰茎が数本の陰毛をからめとりながら、いっきに充実した。誘われているという思いの中に、満足感と充実感と性的な高ぶりが満ちた。

下北沢駅の階段を上がる。

目的の場所は彼女のアパート。吉祥寺駅のひとつ手前の井の頭公園駅が最寄り駅だ。天馬はいまだかつて、一度も降りたことがない。

電車に乗った。

信じられないくらいに混雑していた。朝のラッシュのようだった。すし詰め状態。胸板と乳房が重なるくらいに密着した。恋人同士のような気分になった。たったそれだけのことなのに、学生時代に戻ったような新鮮な気持に包まれた。

「駅からどのくらい歩くんだい？」

「五分くらいかしら」

「駅の名前からして、井の頭公園がすぐ近くにあるみたいだね。ぼくは降りたことがないんだ」

「緑が豊かなところです。空気が澄んでいて、朝は特にすがすがしくて気持いいんです」

他愛ない話をしているうちに、下車駅に着いた。

ふたりで降りる。天馬は澄み切った空気を吸いながら、あたりを見回す。公園の森が黒い塊となって迫っている。東京とは思えない静けさがある。

彼女のほうから腕を絡めてきた。何も言わずに。ドキドキする。初めてデートをした時のような感覚。相手が二十五歳だからか。三十八歳にしてこんな気持になれたことを幸せに思う。この出会いの偶然にも感謝する。

角を曲がる。十数人の乗客が降りたけれど、今のこの狭い通りにはいない。人の気配は消えている。街灯が少なくなっている。男と女がふたりきり。胸が詰まるくらいに高ぶりを感じる。抱きしめたいという情動が湧き上がる。男ならば当然だ。でも、それを抑える。無茶をしたらすべてが台無しになりそうだから。

「変な気分です、椎名さん」

「どうして？」

「だって、黙っているから。電車の中までは、ふたりともすっごくおしゃべりだったのに……」

「もっと深くつながりたいって、ふたりとも思っているからじゃないかな。タイミングを計っているからこそ、口数が少なくなったんだ」

「認めたくないけど、たぶん、そうなんでしょうね」

「抱きしめたいな」

「ちょっと、それは……」

「だめ？」

「だめじゃないけど……」

「けど？」

「出会ったばかりだし」

「それでも、ぼくを招いてくれたんだよね。それって、触れ合いたいという素直な心に正直になったからなんじゃないかな」

「すっごく勇気を振り絞りました。わたし。こんなことするのって、人生で初めてなんですから」

「ぼくだって同じだよ。だから、素直でいたいんだ」

「強引すぎます」

「受け止めて欲しいな」

天馬は言うと、立ち止まった。

向かい合った。視線が絡んだ。彼女の潤んだ瞳の美しさと魅力に、男の欲望が増幅した。鎮まっていた勃起がまた一瞬にして蘇った。

抱きしめた。

最初は軽くだった。拒まれていないとわかった三秒後に、目いっぱいの力で抱いた。

都心にはない深い闇に、彼女の呻き声が響く。乳房がひくつくように前後しているのを感じる。性的な興奮と驚きと戸惑いが、二十五歳の全身から滲み出ている。だからこそ、愛おしさが募った。

彼女が抱かれることに慣れていたら、慣れた雰囲気を醸《かも》し出していたら、愛しさよりも、打算を感じたのではないか。セックスできればいい女と割り切ったのではないか。

でも違った。

美紀は抱かれながら震えていた。未経験だからこその恐怖であり、男の圧力に対する恐れでもあった。彼女の心情がうかがえたことで、なおのこと、愛しさが増した。

「これ以上はやめて……」

美紀は哀願する。細い声。泣きそうになっている響き。瞳を覆っている潤みにさざ波が立っている。白目が充血している。泣いているような気がして、強引にこの先に進めなくなった。

「美紀ちゃん、大丈夫？」

「うん、たぶん。心臓が飛び出ちゃいそう……」

「ぼくもそうだよ」

「嘘ばっかり。可笑しいでしょう、二十五歳にもなって、思春期の女の子みたいなことを言って……」

「可愛いじゃないか。スレているほうが、男としてはいやかな」

「わたしたちって、出会ったばかりなんですよね。なのに、もう抱き合っているなんて……。夢を見ているみたい」

「残念ながら、これは現実なんだ。ぼくにとっては、喜ばしい現実だけどね」

「あまりにもいろいろなことが起こりすぎて……」

「でも、そのすべてを、美紀ちゃんは受け止めているよ」

口論をしているつもりはなかったけれど、天馬はことごとく、彼女に言い返していた。言いくるめるつもりだったのでもない。自分と美紀の気持がどこにあるのか、今何を互いに考えているのか、そしてどうしたいのかといったことを際立たせたいと考えていたからだ。その根底には、美紀との関係で後悔したくないという強い思いがあったのだ。

「美紀ちゃんは今、何をしたい？」

「わたしは……」

彼女は口ごもった。天馬は「キス」という言葉を待ち受けていたけれど、さすがに、すぐには口にしないだろうと諦めた。ならば、自分が言うだけだ。

「ぼくはね、美紀ちゃんとキスをしたいと、今、痛切に思っている」

「ああっ、どうしよう……」

「いや？」

「そうじゃない。すべてが速く動きすぎていて、気持がついていかないんです」

「今の美紀ちゃんの素直な気持を聞かせて欲しいな」

天馬は腕の力を抜いた。彼女に考えるゆとりを与えるべきだと思ったからだ。強引に進められるのはキスの手前までだ。

「キス、したいと思っています」

「それが美紀ちゃんの素直な気持なんだよね。でも、戸惑っている」

「はい、そのとおりです」

彼女はうなずいた。素直だった。二十五歳の女性の心の清らかさにも触れた気がした。気持がいい。サラリーマン生活で強いられている後悔と反省が、美紀のそれによって意味のある大切なものに変わっていく気がした。

「キスして、いい？」

「はい」

「ありがとう」

天馬は囁くと、彼女のくちびるに顔を寄せた。

ふたりにとっての初めてのキス。感触よりも、胸の高鳴りのほうに気を取られた。それくらい、純真な気持でキスをした。

やわらかいくちびるだった。舌を差し入れようとか、舌先で突っついて刺激を加えようといった技巧的なことは思い浮かばなかった。

「ありがとう」

くちびるを離すと、天馬はまた感謝の言葉を口にした。清らかな心に対する思いだった。性欲だけに突き動かされていたら、そんな言葉は口にしなかっただろう。

美紀は小さくうなずいた。そして先に、歩きはじめた。

「いらしてください。椎名さん」

立ち止まった彼女は微笑んで言った。街灯の明かりが、彼女の輪郭を際立たせていた。そこには美しくて、色香に満ちた大人の女がいた。

美紀が腕を絡めてきた。

アパートまでもうすぐらしい。彼女は親しみのこもった眼差しを送ってくる。二十五歳とは思えない大人びた瞳の妖しい光と、十代の少女のような耀きが交互に放たれている。

天馬は歩きながら、自分の腕に伝わってくる彼女の体温を味わっていた。充足感がみなぎる。彼女と出会った幸運に感謝もしていた。

「わたし、初めてなんです、男の人を部屋に招くのって……」

「ほんとに光栄だな。こうしてふたりで歩いていると、下北沢で出会ったのは偶然ではなかったんじゃないかって気になるよ」

「出会いの縁ってあるんですね」

彼女はくすくすっとうれしそうな笑い声をあげた。閑静な住宅街に響く幸せそうな声。天馬はうれしかった、彼女の穏やかな笑い声が。自分との出会いによって、こんなにも穏やかな笑い声をあげてくれる人がいることが、うれしかった。

小さな公園が見えてきた。

ごく普通の公園だ。特別なものは何もなかったけれど、天馬は立ち止まった。彼女のアパートまであとちょっとだというのに。

ブランコやすべり台があった。ほかにはジャングルジムと子どもがひとり乗りするリスとゾウを模した乗り物が見えた。

「ちょっと寄っていいかな」

「公園？」

「うん、遊び心が湧き上がっちゃったんだ」

「おかしな人、椎名さんって」

「年相応な行動ではないかもね」

天馬は言いながら、足はすでに公園に向かっていた。本心は一刻も早く部屋で抱き合うことだった。でもその前に、この小さな公園でもふたりでいることの喜びが味わえないものかと思ったのだ。

小さな公園とはいえ、凛とした雰囲気が漂っているのを感じた。歩いてきた道路とはまったく別のみずみずしい空気が満ちていた。

彼女はついてきている。背後からあがる軽やかな足音。そこから、好意と信頼を感じ取る。数分前に初めてキスした瞬間のときめきがよみがえってくる。胸の高鳴りが強まる。大学時代のデートのような新鮮な気持になる。三十八歳という年齢を忘れる。仕事のことも脳裡から離れていく。

天馬はブランコに乗った。

子どもじみていると思いながらも、勢いよく足を蹴り出した。出会った女性が見ている前でブランコに乗るなんて。自分の心に若々しさが戻っていると思った。二十代前半の頃に味わったウキウキした気分に思えた。だからこそ、それが愉しかった。

今度は彼女をブランコに坐らせて、ふたり乗りをした。ひとりで乗った時よりもゆっくりと動かした。彼女の長い髪がなびいて、甘い香りが拡がった。ふたり以外には誰もいない公園に幸せな笑い声が響いた。

「椎名さん、もうやめて。怖いからそんなに大きく振らないで」

「この程度で怖いのかあ。美紀ちゃんって怖がり？」

「まるっきりダメなんです。降りてもいいですか」

「こんなに怖がりだなんて……。普段とは違うことをしてみると、知らなかった一面が見られるんだな」

天馬はブランコを止めた。彼女は睨みつける表情をつくった後、愉しそうな笑い声をあげた。

出会いがもたらしてくれた新鮮な感覚。これは美紀という女性の心の初々しさが与えてくれているのだと思う。それに触発されたからこそ、天馬の心に若い頃の感性がよみがえったのだ。この出会いを大切にしなくてはいけないし、そうすべきだと思う。

男たるもの、何が重要なことなのか見極める能力を高めないといけない。目の前の欲得や性欲に惑わされないようにすべきである。美紀が与えてくれるものは自分にとって大事なものなのだ。

天馬はやさしく彼女を抱き寄せた。

二度目のキス。ときめきで胸が破裂するのではないかとさえ思った。膝が震えた。経験豊富な三十八歳の男らしさなどまったくなかった。でも、天馬はこれでいいと思う。大の大人としてはみっともなくても自分なのだから。

彼女は何もいわずにしがみついてきた。豊かな乳房の感触が胸板に伝わる。舌を絡める。それでも性欲に自分の心がまみれてしまうことはなかった。この女性を大切にしないといけない。高ぶりながらも愛しい思いが強まっていた。性欲をぶつける対象とは考えられなかった。

くちびるを離した。

はにかんだような笑みを口元に湛えながら、美紀はうつむいた。初々しい表情だ。そこに少しずつ妖しさが混じっていく。

ふたりは歩きはじめた。

今度こそ彼女の部屋に向かう。腕を組む。それだけでもうれしい。触れ合うことの喜びに浸る。大学生の頃に味わった感覚だ。うつむいて歩いていた美紀が顔を上げた。

「すごく変な感じです、わたし」

「どうして？」

「今日出会ったばかりで、椎名さんのことよく知らないのに、恋人同士のような気がするんです」

「そう思ってかまわないよ」

「うれしいです、正直言って。でも、戸惑ってもいます。あまりにもテンポが速すぎるでしょう?」

「そうだけど、流れに逆らわないほうがいいんじゃないかな。大切な出会いになったんだからね」

「ここです、アパート」

彼女は立ち止まった。

閑静な住宅街に建つ二階建てのアパート。両隣は広い敷地の邸宅だった。

彼女の部屋は二階の角。外階段で二階に上がった。天馬はがっしりとした重厚なドアの前に立ちながら、二十五歳のOLのひとり暮らしとしては十分だろうと思った。

美紀がはにかみながら囁く。静かな住宅街のために、彼女の小さな声さえも大きく響く。

「部屋、汚いですから、覚悟してくださいね」

「わかったから、部屋に入れてくれるとうれしいな。廊下で立ち話っていうのは、ものすごく居心地が悪いから」

「ごめんなさい。わたし、気づかなくって……」

美紀は慌ててドアを開けた。

女性の部屋独特の甘い匂いがいっきに噴き出してきた。それはいくつもの化粧品が混じった香りであり、二十代の女性の軀が放つ匂いでもあった。天馬はそれを胸の奥まで深々と吸い込んだ。頭の芯がうっとりした。それだけでも高ぶった。勃起しそうになり、咄嗟に、腹筋に力を入れて我慢した。そして興奮するのは大人げないぞと自分を鎮めた。

彼女が先に部屋に入った。

明かりが点いた。部屋全体が見渡せた。

十二畳ほどのワンルームだ。玄関のすぐ横にミニキッチンがあり、その奥側に冷蔵庫が置かれていた。窓際にベッド、その横に本棚と薄型テレビ、そして正方形の白木のテーブルを壁にくっつけて据えていた。椅子はひとつだった。まさしく女性のひとり暮らしの部屋。天馬は自分の居場所がまったくないのを感じて立ち尽くした。

「コーヒーでも淹れましょうか。それとも緑茶にしますか」

「お気遣いなく」

「椅子に坐ってください。玄関に立っていられると、わたしのほうが落ち着きませんから」

「どこにいたらいいのか、わからなくてね」

「椎名さんって、可愛い」

「中途半端な大人だと思っていないかい？　年相応の行動ができればいいんだけど、美紀ちゃんと一緒にいると、それができないんだ」

「わたしがいけないんですか？」

「その逆。ものすごくいい気分。こんなにすがすがしくて、初々しい気分にならせてもらって、感謝したいくらいなんだからね」

天馬は椅子に腰かけながら言う。好きという気持の告白をしている気がして、全身が熱くなった。これでいいのか？　戸惑っていたのは彼女だけではない。天馬もまた、自分の気持がこんなにも彼女に傾いていることに戸惑っていた。

彼女が性欲のはけ口になるような女性と思えたら、正直、戸惑いはなかっただろう。セックスフレンドができたと喜んだかもしれない。軀よりも先に、彼女の心の美しさだとかやさしさにぞっこんになってしまった。夢中になるには、あまりに速すぎると思いながらも、ブレーキをかけられなかった。

本棚に目を遣った。気持を鎮めるために。そして、少しでも彼女について知るためにだ。

家族の写真が飾られていた。兄弟は三人。年恰好からして、彼女は末っ子のようだ。女友だち三人での清水寺での写真もあった。無邪気な笑顔が天馬には眩しかった。育ちのよさもうかがえて、こんな素敵な女性を悲しませるようなことをしてはいけないと自分に言い聞かせた。

本棚には恋愛小説とコンピュータに関連する本が多かった。料理本が本棚一段を占めていた。彼女の興味は料理らしい。それもまた、天馬には好もしく感じられた。美紀という女性に、三十八歳の男の心がどんどん惹《ひ》き寄せられていく。その勢いの強さが、自分の感情なのに恐ろしく思ったほどだった。

「椎名さんって、真面目な人だったんですね」

お湯を沸かしながら、彼女は言う。ふたりの距離は二メートルほど。部屋に入ってから、ずっとこの距離が保たれている。彼女から近づいてくることはない。

「それは間違いないね。だけど、どうしてそう思ったのかな。それに、そんなことを言うタイミングでもないと思うけどな」

「わたしね、実は、覚悟していたんです」

「覚悟？　何を？」

「部屋に入ったら、いきなり、迫られるだろうなって……」

「覚悟していたのかあ。それだったら迫ればよかったな」

「もう冗談言わないでください」

「迫りたいと思ったけど、我慢したんだよ。大切にしなくちゃいけない女性だからって……」

「せつないなあ、わたし」

「ぼくのほうこそ、せつないよ。求めないことが、大切にしていることの意思表示だなんて……。求めることで、大切に感じてもらえたら、どんなにいいか……」

「そうかもしれませんけど、それって男の人の都合のいい論理とも言えるんじゃないでしょうか」

「うん、そうだよ。だからこそ、迫らなかったんだ。男の論理を振りかざすばかりでは、君のことを大切にできないだろう？」

「やさしいんですね、本当に」

「年の功だよ」

「椎名さんの持って生まれた性格ではないんですか？」

「違うと思うよ。何が大切なのか、齢を重ねたことでわかるようになったおかげだと思うな」

美紀が照れ臭そうに微笑を浮かべた。彼女に男の心が伝わったようだった。コンロの火を止めると、お茶を淹れることもなく近づいてきた。

彼女はすぐそばに立った。

何をするのか……。

椅子に坐って待ち受けていると、彼女にいきなり抱きしめられた。やわらかい女体から熱気が放たれていた。愛の言葉に感極まったようだった。彼女の心の動揺が、乳房の奥から湧き上がってきていた。

「うれしい、わたし。こんなにも素敵な言葉を囁かれたことなんて、なかったから……」

「真実の言葉なんだ。こんな言葉が浮かんできちゃうから、ぼくも戸惑っているんだよ」

「縁があったんでしょうね」

「そうかもしれないな。この出会いを大切にしたいよ。だからこそ、ぼくは今すごく苦しいんだ」

「抱きたいんでしょう？　無理に自分の気持を抑え込んでいるから、苦しいんでしょう？」

「性欲だけに動かされて、抱きたいと思っているんじゃないからね」

「うれしい……」

彼女の腕に力がこもる。乳房に男の頭をめりこませようとしている感じさえした。これが純粋な女性の高ぶりなのか。感動にも似た想いが胸の奥から迫り上がってくる。それもまた新鮮な感覚だった。

「抱いて、ください……」

彼女はぼそりと囁いた。

細い腕が震えていた。乳房が激しく前後した。荒い息遣いがつづく。全身から放たれている熱気がさらに強まった。

天馬は彼女を抱きしめた。彼女も腕を背中に回してきた。互いに抱き合う恰好になったけれど、主導権は天馬が握っていた。男の想いの強さが、彼女の女心と重なった。

くちびるを重ねた。

三度目のキス。相手を求める気持を自然と前面に押し出していた。天馬だけではない。美紀も自分の高ぶりに素直だった。舌を絡め合い、唾液をむさぼり合った。舌とくちびるの感触を味わった。快感が心と軀を走り抜けた。

大切にしたいと願った女性とキスをしていると思った。だからこそ高ぶりはときめきに満ちていた。こんなふうに思いながらキスをしたのは初めてだ。美紀が自分を豊かにしてくれている。そう感じるからこそ愛しさが深まる。慈しみにも似た想いも強まる。

「ああっ、すごく素敵なキス……」

美紀がうっとりした声をあげた。性的な好奇心を帯びた瞳の光が放たれていた。でも、それ以上に、恥じらいのほうが強いようだった。初々しさが感じられて、それもまた天馬には好もしかった。

「キスで感動するんだね」

「椎名さん、遠慮しないでくださいね。わたし、覚悟しているんです。もっと進んでもかまいません」

「そうしたいけど……。スピードが速いから」

「ダメ？　わたしって淫らな女？」

「美紀ちゃんは普通だよ。ぼくのほうがいけない。慎重になりすぎているんだ」

「わたしが傷つくと心配してくれているんですか？」

「うん、そう……」

「だったら、そんな心配はなくしてもかまいません。抱き合いたいし、触れ合いたいと思っています」

彼女は乳房を擦り付けるように上体を寄せてきた。瞳が放つ光から恥じらいは消えていた。妖しさと性的な興奮だけに染まっていた。

天馬は抱きしめている腕の力を緩めた。半身になって、乳房に手を伸ばした。指が震えていた。自分でも信じられなかった。男の純真な心が、抱き合った今もまだ残っていることがうれしかった。

乳房は豊かだ。ブラジャーに包まれているものの、充実ぶりは確かに伝わってきた。アンダーバストが細いからか、乳房は感動するくらいの美しい形だった。

勃起がはじまった。欲望と性的な好奇心が迫り上がっていた。それは男にとってごく自然なことだ。勃起したからって美紀のことを粗末に扱っているわけではないぞ。自分に言い聞かせながら、勃起の快感を味わった。

「美紀ちゃんが、欲しいんだ」

天馬は言いながら恥ずかしくなった。でも、言わずにはいられなかった。成り行きで軀を重ねたくはなかったから。美紀の軀から力が抜けた。そして彼女はすぐ横のベッドに倒れ込んだ。

「今言ったこと、もう一度言ってくれるとうれしいな」

美紀が囁いた。無防備と感じられるくらいに、彼女は心を寄せてくる。愛情に満ちた眼差し。甘えた声音。肩口に触れるやさしい手つき。これらは彼女なりの信頼の表し方なのだ。だからこそ、大切にしたいという想いも深まる。

「何度でも言うよ。本気で思っていることだからね。君が欲しい、本気で欲しいんだ」

「ああっ、うれしい……」

彼女はしがみつくようにして抱きついてきた。ブラジャーに包まれている乳房が大きく揺れた。

二十五歳の女性の軀は弾力に満ちている。肌には張りがあるし、みずみずしさにも富んでいる。洋服の上からでも確かに感じられるのだ。

くちびるを重ねる。四度目のキス。やわらかいくちびるから震えが消えている。ようやく彼女は不安や恐怖を打ち消すことができたらしい。男と女の触れ合いの喜びを教えられる。

舌を突っつきあう。それをつづけながら、くちびるを押しつける。もちろん、やさしく。厚みのある下くちびるの弾力が伝わってくる。それを今度は舌とくちびるで慈しみながら味わう。肌の粘膜が生み出す感触の中にひそんでいる快感を、ゆっくりと引き出していく。

「ああっ、とろけちゃう……」

「こういうキスもあるんだよね。美紀ちゃん、驚いた？」

「何度も言っていますけど、わたし、ほんとに経験が少ないんです。この齢になると胸を張って言えることじゃないんですけど、ほとんどないんです」

「そうだからって、恥ずかしがることも怖がることもないよ。ぼくに任せればいいからね」

天馬は自分の口ぶりがオヤジっぽくていやらしいと思った。こういう時にスケべ心があらわになるのかもしれない。確かに、「任せればいい」と言った時、エッチな気持がひときわ燃え上がった。若い女性はそんな男の瞬間の感情に敏感だ。三十八歳の男が自分の素直さに感心している場合ではない。これは注意すべきことだ。

キスを終えると、彼女の首筋にくちびるを這わせはじめた。皺ひとつない首。そこもまた弾力と張りに富んでいた。しかも、うっとりするくらいにいい匂いがする。

ブラウスのボタンを外す前に、耳たぶに回り込んだ。そこは香水の匂いと、彼女の軀から放たれている女の匂いが混じっている源の場所。男の欲望を喚び起すところだった。

パンツの中の陰茎はすでに勃起している。けれども、その匂いによって硬さが増幅していくようだった。陰茎の芯を刺激する女の匂い。パンツのウエストのゴムの下から這い出ている先端の笠が、その匂いにまみれようとしてうねった気がした。

ピアスをつけた耳たぶの裏側を舐める。可憐な耳たぶを軽く嚙む。ピアスまで口に含む。髪の生え際に沿ってくちびるを滑らせる。経験の少ない彼女には刺激が強すぎるかもしれないと思いながらも、丹念に舌先を這わせる。

彼女の息遣いが明らかに荒くなっている。時間とともに高ぶりが強まっている。経験が少ないのに、素晴らしい。素直だ。気持よさを素直に認めているからこそ、愛撫の気持よさに浸れるのだ。

ブラウスのボタンを外す。手間取っていると、彼女は胸を突き出して、ボタンを外しやすいようにしてくれた。

天馬は次に、彼女のぴっちりとしたパンツのファスナーを下ろした。カーゴパンツのように太ももの横に小さなポケットがついている。二十代の流行のパンツ。この程度のことは頭に入っている。

パンツを脱がした。彼女はお尻を上げて協力してくれた。小さなパンティはピンクと白色のフリルをあしらった可愛らしいものだった。天馬はそれを見て納得した。男性経験の多さとパンティの派手さは比例すると漠然と考えていたけれど、彼女の場合にも当てはまると思った。

これがたとえば透け感があって黒色だとか紫色のTバックだったら、どれだけ驚いたか。経験が少ないという彼女の言葉が信じられなくなっていただろう。よかった、そんなことにならなくて。

ボタンを外していたブラウスを脱がした。下着だけの姿だ。今日出会ったばかりの女性が、足をくねらせながら見事な肢体を見せている。

「きれいだよ、すっごく。惚れ惚れしちゃうな。学生時代にスポーツをやっていたみたいだね」

「バドミントンをやってました。あのスポーツって、ものすごく運動量が必要なんですよ。見た目は優雅そうに見えますけど」

「へえ、そうなんだ」

「これでもわたし、県大会のダブルスでいい線までいったんですよ」

「学生時代にスポーツでがっちりと軀を絞った女の子って、すごく素敵だよね。鍛えた筋肉の名残が見られるから、ぼくは好きだな」

「変な褒め方」

「そうかなあ……」

「普通はバドミントンの実力を誉めたりするはずだけど、椎名さんの言ったことって、まるっきり違っていたでしょ？」

「過去の栄光について語っても仕方ないかなって思ってね。その過去が今にどう生きているかのほうが大切に感じられるんだよ」

「大人なんですね」

「ははっ、違うって。ぼくなんかまだまだひよっこだよ」

「誉めているんですから、素直に受け止めてください。謙遜されるとつまらないです」

「いいね、そういうふうに自分の気持をはっきり言ってくれると……。美紀ちゃん、やっとぼくに馴染んできたみたいだね」

「馴染まなければ、こんな姿を見せません」

「もっともっと馴染んで、すごいところを見せて欲しいな」

天馬はねっとりとした眼差しを送りながら囁いた。スケベなオヤジ感覚？　反省したけれど、次につなげるための言葉としてはそれしか浮かばなかった。

男たるもの、つきあっている女性の若さに圧倒されるのはよくない。主導権が握れなくなるばかりか、精神的に負けかねないからだ。彼女の若さを眩しく思うのはいいけれど、崇拝者になってしまうのはまずい。味わうだけのゆとりが必要なのだ。

「美紀ちゃん、色が白いんだね」

ブラジャーの下側からウエストにかけての肌に視線を遣った。インドアのスポーツだったからだろうか。赤みが少ない白色。透明感があって清潔感も漂う肌の色合いだ。

「母の出身が秋田なんですけど、母はわたしなんか以上に肌がきれいなんですよ。キメの細かさと白さが似たかなと思っています」

「絶対に日焼けなんかして欲しくないな。もったいないよ、こんなにきれいな肌だからね」

「男の人って、そんなことまで言うんですか？」

「お節介かな？」

「うれしいっていう気持のほうが強いです。わたしのことを考えてくれているんだなって思えるから……」

「それはそうさ。男が好きな女性に言うことは、基本的には良かれと思っていることばかりだよ」

「基本的には？」

「すべての男が善人ではないから。こういうことを二十五歳の君に言うのって気が引けるけど、悪い男もいるからね」

「椎名さんは？」

「ははっ、そうきたか」

「どっち？」

「さあ、どっちかな。たぶん、悪人ではないな。少なくとも、美紀ちゃんを貶《おとし》めようなんて思っていないからね。できることなら、君が素敵な女性に成長していく姿をいつまでも見つづけたいよ」

「どうやら、悪人ではなさそうですね。よかった、わたし」

天馬は黙ってうなずいた。美紀の純真さが危うく思えた。誰でも彼でも信じてしまいそうだった。でも、そういう女性だからこそ、今こうして出会ったばかりなのに抱き合っていられるのだ。そのことについては棚にあげて考えていた。

ブラジャーを外した。

想像したとおりに、やはり、豊かな乳房だった。たっぷりとしながらも、弾力に富んでいた。

仰向けになっているのに、円錐の形がわずかに崩れているだけだ。乳輪の迫り上がりが見事で、乳房の上に小さな椀がもうひとつ載っているように見えるほどだ。肌色がいくらか濃い乳首も透明感がある。荒い息遣いのたびに乳房が揺れ、それにつられるようにして勃起した乳首も震える。

「肌だけでなくて、おっぱいもすごくきれいだね」

「だって、男の人にほとんど触れられていませんから」

「本当にぼくが触れていいのかな。神聖な場所に足を踏み入れるような気がして、ゾクゾクするよ」

「いやがっていると思いますか？　もしそうだったら、わたし、あなたをこの部屋には入れません」

彼女は言うと、乳房への愛撫をねだるように胸を突き出した。谷間がわずかに浅くなったけれど、すぐにまた深い谷に戻った。

パンティに手をかける。美紀は拒まない。いやがる素振りも表情も見せない。シャワーを浴びたいとか、汚れているからいやだといった言葉が出てくることを覚悟していたけれど、彼女は黙って頬を赤く染めるだけだった。

全裸になった。

美しい肢体。太ももの産毛《うぶげ》が黄金色に輝いている。桜色に染まった肌は鮮やかな朱色に変わりつつあった。それでも透明感は失っていない。キメの細かい肌に性的な高ぶりが息づくように見え、妖しさがいっそう濃くなったようだ。

男性経験が少ないとは思えない色香だ。それが彼女の天性だとしたら、性的に貪欲な女性かもしれない。そんな女に育てられるかどうか。もしかしたら、今この瞬間の触れ合いにかかっているのか？

天馬は息を呑んだ。

今までに味わったことのない興奮に襲われた。女性を育てる喜び。これまでつきあってきた女性たちは、知性や教養の面だけでなく、性的なことについても際立っていた。自分という存在を知っていた。つまり、自分の性欲や性感帯、自分のエッチ度、フェチ度、欲求不満度といったことまでわかっている出来上がった女性といってもいい。

美紀は違う。ほとんど何も知らない。軀が自然と反応することがあっても、それが自分の性感帯を刺激されたからとか、自分の喜びにつながる愉悦だといった認識がない。性的に未熟なのだ。そんな彼女を育てられたら？　しかも、自分好みのセックスをする女に。

未知の領域だった。普通は妻に対してそれをするのかもしれないけれど、天馬の場合は、美紀に対してできそうなのだ。

割れ目に顔を寄せる。

パンティに押し潰されていた陰毛の茂みが立ち上がってきている。逆三角形の陰毛の茂み。縮れがあまりなくて、ほんのりと甘い香りがこもっている。

割れ目の端に、ゆっくりとくちびるをつける。「あっ」という短い呻き声の後、深いため息がつづいた。美紀は足を開く。愛撫して欲しいという自然な動き。男に対する信頼の表れでもある。

割れ目を舐める。これまでの舐める意識とは違うのを自分ではっきりと感じる。単にクリトリスを舐めて悦ばせようという感覚ではない。ここが君のクリトリスで、ぼくがこう舐めるから、舌の感触を覚えるように……。そんなことを思いながら、舌を遣っていた。

「ああっ、気持いい……。わたし、どうしたらいいの？」

「美紀ちゃん、何かしたいのかい」

「わたしばっかりが気持よくなったらいけないでしょ？　椎名さんも気持よくなりたいでしょう？」

「そうだね、確かに」

「いくら椎名さんが年上でも、セックスの時には関係ないでしょ？　心と軀のパートナーとして触れ合うものでしょう？」

「そこまで美紀ちゃんが言うなら、ぼくも正直に言うね。ぼくだって気持よくなりたいよ」

「やっぱり……」

「でもね、男によっては、とにかく女性を愉しませることが好きな奴もいるし、ぼくみたいに、肉体の快楽に強い欲求がある男もいるんだ」

「ほかの男性のことなんて、わたし、興味はありません。椎名さんがどういうことが好きかってことです」

「美紀ちゃん、慌てない、慌てない。今日出会ったばかりなんだからね、一日ですべてを理解するなんてことは不可能だよ」

「どうすれば、椎名さんは気持よくなるんですか？」

天馬は応えられずに口ごもった。美紀の質問があまりに直接的だったから。でもそれを野卑だとは思わなかった。無知ゆえの可愛らしさだと感じたのだ。応える代わりに、黙って彼女の手首を掴んだ。勃起している陰茎の存在を伝えるために、彼女の細い指を股間に導いた。

「ああっ、硬くなってる……」

「そこがぼくのもっとも感じるところだよ。美紀ちゃんに可愛がって欲しいな」

「お口で？」

「経験ないのかな」

「一度だけ……」

「その時はどうだった？」

「大学四年生の時。すごく悪いことをしている気になりました」

「セックスが悪いことだと？　それともフェラチオが？」

「どっちも。厳しい家庭で育ったから、セックスのことはタブーだったんです。地元にある大学に自宅から通っていたから、恋愛もあまりできなくって……」

「こんな美人なのに、もったいない。セックスがどんなに素敵なことか、ぼくが教えてあげたいよ」

「ほんとに？」

「肌を重ねて、慈しみ合って、触れ合って悦びを分かち合うんだ。そうすれば、愛することの悦びも味わえるからね」

「セックスは愛なんですね。快感ではなくて」

「もちろん、そうだよ。だから素晴らしいんじゃないか」

「わたし、セックスについておかしなことを吹き込まれて育ってきたんですね」

「解放すればいいんだよ。でも、ひとりじゃできない。その呪縛から逃れるためには、信頼できるパートナーが必要だよ」

「椎名さんですよね、わたしにとっての信頼できる人は」

天馬はにっこりと微笑むと、力強くうなずいた。育てよう、二十五歳のこの女性を。自分の望みどおりのセックスをする女に。まずはフェラチオからだ。

「美紀ちゃん、ちょっときつく握りながらしごいてくれるかい」

彼女の耳元で囁いた。それだけでゾクゾクした。早くズボンを脱がないと。陰茎の先端に、透明な粘液が溜まっている。

急いでズボンを脱いだ。焦っていた。勃起した陰茎の敏感な先端に、パンツのウエストのゴムが触れた。あっ。たったそれだけなのに、鋭い愉悦を感じた。

早く裸にならないと……。目の前で横になっている美紀が逃げ出すはずがないのに、気持が急《せ》いていた。性的な高ぶりも、時間とともに強まっていた。というのも、どういう遣り方をすれば、男を気持よくさせられるフェラチオができるか、美紀に教えることになったからだ。

天馬は全裸になると、彼女の目を意識しながら仰向けになった。自分が育てる女。そう考えると、興奮はさらに強まった。

彼女の目の光は、高ぶりよりも恥じらいのほうが強い。だから今は、彼女に命じたり、強制したほうがいい。羞恥心が強い女性の場合、そのほうが素直に言うことを聞く。

「垂直に立てたら、強く握って。で、そのままの強さを保ったままで、ゆっくりとしごくんだ」

やさしい口調で語りかける。なんとも妙な気分だ。部下に仕事を教えている気分になってくる。でもすぐ、豊かな乳房を見て、そんな無粋な気分を頭から追い出す。

美紀は言われたとおりにする。素直だ。真剣でもある。視線の先にあるのは陰茎の先端。それを彼女は集中して一心に見つめている。

「今度は指の力を緩めてしごいてみようか。しごくスピードも変えるんだよ」

「はい、わかりました」

「それでいい。素直ないい返事だ。美紀ちゃんも同じだろうけど、同じ刺激がつづくと、その刺激は快感ではなくなってしまうんだ。常に変化させる。それが愛撫の基本。わかったかい？　指もくちびるも舌も、すべて同じだからね」

「ああっ、恥ずかしい……。わたし、おちんちんをこんなにじっくりと見たのって初めて」

「いいねえ、美紀ちゃんはいろいろな初めてがあって。初めてを愉しむんだよ。大人になって齢を重ねるほどに、初めてのことが少なくなっていくんだから」

「大人になると、愉しみが減っちゃうということですか？」

「そうでもないな。美紀ちゃんを開発して育てるっていうことは、大人にならないとできないからね」

「それって、男としての自信がないとできないでしょうね。それに、教えてもらう立場のわたしだって、大人じゃないといや。同年代の男子だと、バカにしちゃうし、何かを教えてもらっても全面的に信用できないし……」

「年上好きなんだね」

「たぶん、そうです。だから、椎名さんを招いたんです」

彼女は陰茎を握っている指の握り方に強弱をつけながら話す。指の動きをおろそかにしていない。ずいぶんと覚えがいい。好奇心のある事柄については、頭にすんなりと入っていくものらしい。

「そろそろ、くわえてみようか」

「はい、先生」

「茶化すんじゃない。せっかく教えているんだからね。美紀ちゃん、恥ずかしいのかい？」

「だって、直接的な言い方をするんですもの。そんなことを言われて、すぐにはできません」

「そうだね、確かに。でも、恥ずかしさを茶化すことで隠すのはよくないよ。男はね、恥ずかしがっている女性を愛しいと思うものだから」

「そうなんですか？　意外です。面倒だと感じているんだろうって想像していました」

「美紀ちゃんが思うほどには、男は器量が小さくないから……。心の裡は意外と愛に満ちていたりするんだからね」

「男の人って複雑なんですね。単純な動物だと思っていたけど」

「確かにそういう男もいるよ。セックスさえできればいい、射精できればいい、女なら誰でもいいって、本気で考えている男は、掃いて捨てるほどいるだろうな。でも、そんな男はつまらないだろう？」

「愛がないとセックスしても、面白くないですよね」

「わかっているじゃないか。ふたりでセックスを工夫したり、冒険できるのは、気持が通じていないとできないからね。そのためには、愛が必要なんだ」

美紀はそこで頭を大きく上下させた。くちびるを開くと、予告することもなく、陰茎の先端を口にふくんだ。二十五歳の口の感触。唾液の粘り、粘膜の感覚。それらがひとつになって、陰茎に迫ってくる。

気持いい。今この瞬間のフェラチオが最高にいい。まだ何も教えてはいない。強弱のことだけ。それを彼女は今も実践していた。

くちびるをすぼめたり広げたりをして、陰茎の幹を圧迫してくる。幹の裏側の迫り上がった嶺を、舌先で突っついたり、唾液を塗り込んだりして愛撫する。そこには確かに強弱があった。しかもそれが的確なのだ。うっとりする。教えることはないかもしれないと考えたりもする。彼女は自分で工夫しているようだった。だからこそ、要点だけ教えて、あとは彼女の創意工夫に任せたほうがいいと思ったりもするのだ。

彼女の額に汗が滲む。長い髪がへばりつく。それによって、少し無惨な印象が備わる。それが女の妖しさに結びついていく。二十五歳とは思えない妖艶さにもつながる。

「すっぽりとくわえるんだ」

「はい、わかりました。根元までくわえた後は、どうすれば気持よくなるんですか？」

「くちびるで締めつけるんだ。それをつけ根から先端に向かって繰り返しながら移っていく……。くちびるでCTスキャンを撮っているような感じかな」

「面白い表現。CTスキャンって、人の軀を輪切りにして撮影していくものですよね」

「もう一度言うけど、おちんちんを、くちびるで輪切りにしていく要領だね。舌では触診かな」

「椎名さんのほうこそ、茶化したでしょう。ご自分が言う時は、いいんですか?」

「そんなことないよ。ぼくは自分にも人にも厳しいつもりだからね」

天馬はにっこりと微笑むと、彼女の後頭部にてのひらを当てて引き寄せた。陰茎を深くくわえ込むところからはじめなさい。そんな意味を、てのひらの動きに込めたのだ。

美紀はそれを鋭く察した。

陰茎を口の最深部までくわえ込んだ。呼吸を整えるまで五秒間、彼女はじっとしていた。その後、ゆっくりと顔を上げはじめた。CTスキャンの要領でくちびるを開いたり閉じたりする。鋭い快感と緩やかな気持よさが交互に訪れる。気持いい。くわえるだけがフェラチオではない。それを美紀にわかって欲しい。

「いいよ、すっごく。物覚えがいいんだね、美紀ちゃんは」

「好きみたい、椎名さんのおちんちんをくわえるのって……」

「ぼくのだから好きなのかい？　そうじゃなくて、フェラチオそのものが好きなんじゃないかな」

「ああっ、わたし、わからない。今言えることは、この瞬間は椎名さんのことだけを考えていたいんです」

「美紀ちゃん、可愛いなあ」

こういう情況の時に投げかける言葉としてはそぐわない気がしたけれど、天馬はあえて口にした。好きとか愛しているといった心からの感情は、素直に言うべきだと思っていたからだ。ためらっていると、それを言う機会がなくなりかねない。せっかくの素敵な感情がそれではもったいない。好きな人に好きということは快感だ。だから、愛していると感じたら、その場で言うのだ。

男たるもの、自分の感情に素直になることが大切である。それでこそ、相手も素直になれるのだ。

「たまたまのほうも、舐めてごらんよ」

「えっ？」

「ふたつの塊が入った袋が、すごく気持いいんだ」

「そうなんですか？」

美紀の頬がさっと朱色に染まった。瞳を覆っている潤みも厚みを増してさざ波が立った。いやらしい気分に全身が熱く燃えているようだ。そういうことが伝わってくるところが、彼女の初々しさでもある。

舌がふぐりを舐めはじめた。皺がつくる深い溝の底を掻き出すようにして舌を遣う。べたりと舌全体を張りつけるようにもする。突っついたりしたけれど、その時は慎重な動きを心がけていた。ふたつの肉塊が痛みに敏感だということがわかっているのだ。その間も、彼女は幹をしごいている。しかも、強弱をつけながら。上手だ。手抜きをしていないから、愛撫に没頭できる。それがさらなる快感につながる。

「太ももとかも舐めたほうがいいんでしょうか」

「うん、そうだね。そのあたりのことは臨機応変にしていいよ」

「そうですよね。教えてくれたことだけをしていたら、椎名さんはつまらないでしょうからね」

「工夫していいよ」

「だったら、わたし、試してみたいことがあるんです。やってみてもいいでしょうか」

天馬はうなずいた。あっけらかんとした口ぶりに苦笑する。こういう時は雰囲気を盛り上げるためにも粘っこい口調がいいのに……。でも、そこまでは言えない。二十五歳の男性経験の少ない女性にそこまで望むのは酷だ。焦らずに育てていこう。

美紀は陰茎をくわえた。そのまま陰茎を離さずに、体勢を動かしはじめた。何をしたいのかわかった。シックスナインと呼ばれている恰好だ。女性が陰茎をくわえ、同時に、男性が割れ目を舐めるのだ。

美紀の好奇心が感じられることが、天馬には愉しい。女の初々しい貪欲さを感じる。愛しさが募る。もっともっと貪欲になって欲しい。

美紀が移動してきた。

頭を跨いできた。割れ目が剝き出しだ。彼女は気づいているのかどうか。ざっくりとめくれた厚い肉襞からは、ねっとりしたうるみが溢れている。それが縮れた陰毛を濡らしているのだ。いらやしい光景。女の貪欲さの証にも思える。

天馬は実は、シックスナインは好きではなかった。もちろん、興奮はする。剝き出しの割れ目をじっくりと眺められるのも悦びになる。それでもダメなのだ。

というのも、体勢が変わることで、陰茎に歯が当たるからだ。シックスナインを試した女性全員、歯が当たった。しかも、そのことに女性が気づかない。だから痛い。尋常ではない。痛みに耐えることはいやではないけれど、陰茎が萎えるのがいやだった。

「ああっ、こんないやらしい恰好になっちゃうなんて……」

美紀が感極まった声を洩らす。全身が震えている。くちびるや舌も。そして歯も。細かい震えが、歯の先端から伝わってくる。つまり、陰茎の幹に歯が当たっていた。やっぱり、美紀もそうだったのか。残念だと思った時、彼女を育てているんだから歯が当たることも言ったほうがいいと思いついた。そうだ、言えばいいんだ。

「シックスナインに欠点があるんだけど、美紀ちゃん、わかるかい？」

「何ですか。気持よくならないんでしょうか。それとも、わたしが仰向けになったほうがいいんですか」

「残念ながら、そのどれでもないんだ。シックスナインの時に、美紀ちゃんの歯が当たって痛いんだ」

「ほんとに？」

美紀は驚いた声をあげると、陰茎を離した。想像していなかったらしい。心底びっくりした表情だ。唾液に濡れた幹を、彼女はやさしく丁寧に舐めはじめた。まるで、心から謝罪をするかのようだった。そんなことをしなくてもいいのに。愛撫が意味をもっていた。そんな彼女が愛しい。なんて純真な女性だと感心してしまう。ずっとずっとそばにいて欲しいとさえ思ってしまう。そんなことは無理だとわかっているけれど。

「痛いのを我慢していたんですね、ごめんなさい」

「歯が当たらなければいいんだ。それさえ注意すればね」

「ああっ、できるかしら。無我夢中になったら、わからない……」

「ははっ、そんなに心配することないって。次にシックスナインをした時、ぼくが痛いと囁いたら、なぜ痛いのか理解できるだろう？」

「そうですね」

彼女はがくりと肩を落とした。落胆しているようだ。なぜ？　天馬にはわからない。そこまで落ち込むことではないと思う。

「どうしたんだい？　悪いことを言っちゃったかな」

「違います、教えてもらってうれしかったです」

「だったら、そんなに悲しい顔をしなくてもいいじゃないか」

「わたし、セックスって、愛情さえあれば気持よくなれると思っていました。それって幻想だったんですね。教えてもらうことが多くて、びっくりしています」

「愛情が基本にあるとわかっているだけでもすごいよ」

「当たり前です。愛のないセックスをしたい女なんていませんから」

彼女は言うと、体勢をまた変えてきた。足の間に入ると、前屈みになった。フェラチオをするつもりだ。二十五歳の顔が妖しい耀く。前屈みになると、豊かな乳房が溢れ出てくるように見えた。

陰茎をくわえ込んだ。

くわえていること自体が気持いいのだろうか。擦れた鼻息を洩らす。性的な高ぶりが伝わってくる。

「気持いいみたいだね。ぼくにもわかるよ」

「わたし、おちんちんをくわえることが、好きみたい」

「気づいてよかったね」

「ああっ、恥ずかしい。淫乱な女に堕ちてしまった気がします」

「そんなことないから、安心していいよ。美紀ちゃんはいつだっていい女だし、いつだって上品な女だってわかっているから」

「くわえながら、手を伸ばして、ぼくの乳首に届くかな」

「えっ？」

「男も乳首が感じるんだよ。女性と同じように声をあげちゃう男もいるくらいだからね」

「椎名さんも？」

「さあ、どうかな……」

「触っていいですか？　気持よくなったら、恥ずかしがらずに声をあげてくださいね」

「美紀ちゃん……。この短い時間に、成長したね」

「先生の教え方が上手だから」

彼女は粘っこい声で囁くと、乳首を愛撫してきた。指の腹でやさしく触る。しかも、単調にならないように微妙に変化をつけてくる。撫でるだけでなくて、米粒ほどの小さな乳首を摘んだりする。

陰茎も丹念に舐められる。乳首が撫でられる。快感が連動する。心地いい。

「ああっ」。小さな吐息が連続して洩れる。年下の彼女だから、男らしくしていないといけないと思いながらも、喘ぎ声があがる。

「乱れちゃいそうだよ。ちょっと恥ずかしいな。美紀ちゃんにそんなところを見せたことがないからね」

「見せてください」

「乱れても、女みたいだって、笑わないで欲しいな」

「わたしはそんなことをする女ではありません。心を許してくれたとわかってうれしく思うはずです」

美紀は言うと、陰茎をくわえ、乳首への愛撫をつづけた。

細い快感が胸板全体に拡がる。米粒ほどの乳首がじわじわと硬くなっていく。美紀の細い指を介して、天馬はその変化を鋭く感じ取る。

全身の力が抜けていく。ああっ、すごく気持いい。声をあげてしまいそうだと何度か思い、そのたびに堪えてきた。でも、今度は我慢できなかった。くわえられている陰茎の芯から生まれる強い快感と、乳首から拡がる細い快感のふたつが同調して体中に拡がったからだ。

「ああっ、いいよ……」

天馬は思わず甘えた擦れ声を洩らした。自分の喘ぎ声が耳に届いた瞬間、全身がカッと熱くなった。口走っている時は恥ずかしさを意識しなかった。なのに言い終わってみると、やっぱり自分が女みたいになった気になり、それまでの快感を覆うように羞恥心が拡がったのだ。

ああっ。胸の裡でため息をついた。男は不自由だ。快感に浸ったとしても、あくまでも理性的でいないといけないのだから。心と軀を解放しているというのに、これではあまりに窮屈ではないか。

矛盾していると思う。気持いいのに抑えなくてはならないなんて。気持よかったらそれをためらいなく伸び伸びと表せるようになりたい。それができるようになれば、快感もさらに深くなる気がしてならない。自分の快楽だけを追い求めるようなセックスとは別の次元のものになる。ふたりで創り上げている時間がさらに濃密なものになるはずだ。

「椎名さんも気持よくなってくれているんですね」

陰茎をくわえこんでいた美紀が顔をあげて微笑んだ。陰茎の先端の笠をくちびるの端で押さえるようにして屹立させている。天馬は胸の裡で驚きの呻き声をあげた。男性経験が少ない彼女がこんなことまでするようになるなんて……。

「さっき、あまりにも気持がよかったから、女みたいな声をあげちゃったよ。美紀ちゃん、わかった？」

「ふふっ、ええ……。すごくうれしかったけど、それだけじゃないんです。椎名さんの声を聞きながら、わたし、濡れちゃいました」

「それでこそ、素直ないい子だ」

「もっともっと椎名さんの声を聞きたいなって思いました」

「男が女性みたいに喘ぐことを、変だとは思わなかったかい？」

「同じことを、何度も聞くんですね。わたしは何とも思いません。反応があったほうがうれしいですから。それを女みたいとは思いませんし、たとえ女みたいだとしても、わたしは受け入れるつもりです」

「よかった……。これでぼくも、気持のよさを無理に抑え込むことはなくなったわけだ」

「わたしにいろいろなことを教えてくれる人が、どうして我慢するんですか？そのほうが変です」

「ははっ、そりゃそうだ」

天馬は朗らかな笑い声をあげた。胸につっかえていた思いが取れた気がした。

長い間、つまり、大学時代に童貞を失ってから今まで、男の快楽をどうやって表していいのか、自分の中でわかっていなかった。快感に動じてしまうのは男らしくないとか、イニシアチブを取れないとか、導く立場になれないと思っていた。そんな考えのすべてがおかしい。今はそう思っている。

男でも女性と同じように快楽に浸ることは正しい。男が快楽に浸っていることを相手の女性に伝えることも正しい。女っぽいとか男っぽいとかなどはまったく関係ない。目的は、心と軀を重ねて互いに気持よくなることなのだ。そのためには男の気持を理解してくれて、許してくれる女性でなければならない。美紀なら大丈夫そうだ。

「椎名さんの性感帯ってどこにあるのかな……。わたし、探してもいいですか？」

「男も女も変わらないものだよ」

「だったら、天馬さん。今度はうつ伏せになってくれますか」

美紀が妖しい光を帯びた視線を送ってきた。淫らな企みがあるようだった。彼女には性的な想像力が豊富だ。それが好ましいし頼もしい。セックスの時に限っていえば、控えめであることが女性のたしなみではない。それは短所になることはあっても長所にはならないのだ。

天馬はうつ伏せになった。

美紀が覆いかぶさるようにして上体をあずけてくる。彼女の体重を背中で受け止める。それが心地いい。重みとともに伝わる肌の密着感、汗ばんだぬめり、呼吸のたびに動く皮膚……。それらを鋭く感じることで愛しさも増すのだ。

うなじに美紀の舌が這う。くすぐったいような気持いいような感覚。こそばゆいからこれ以上は受け入れられないという思いと、もっともっと味わっていたいという思いが複雑に混じり合う。

背中をくちびるが滑っていく。背骨の溝を掃くように、唾液をまぶした舌が丹念に這っていく。「うっ」。短い呻き声を洩らす。それはベッドの中に消えていくけれど、天馬の心には刻まれる。喘ぎ声をあげてしまっているのだと……。

「背中って、女にとっては気持いいんですけど、椎名さんも同じですか？」

「どうやら、同じみたいだよ」

「よかった、思いきってやってみて。セックスって面白いものですね」

「どうして？」

「だって、新しい発見がたくさんあるんだもの。男の人がこんなに初々しく反応するのを見たら、愛おしくなっちゃいました」

「今までは違ったんだね」

「女はマグロのように仰向けになっているだけでいいと思っていました。女から積極的に何かするのは恥ずかしいし、言葉にするのも変だと思っていました」

「気持ちよさっていうのは、ふたりで創っていくものなんだよね」

「そうだったんですね。初めてです、こんなに積極的になっても恥ずかしくないっていうのは……」

「羞恥心は何も生み出さないんだ。ふたりにとって必要ではない。わかったかい？」

「はい……。だけど、それは椎名さんにも当てはまりますからね」

「ははっ、そういうこと。ぼくも恥ずかしがったりしない。羞恥心は伝染するものだから、気をつけないといけないからね」

美紀の愛撫を受けながら諭すようなことを言うのは奇妙だった。でも、それは真実だ。羞恥心がつながりを深めることはない。疑心暗鬼にさせたり、疑念を生むことはあってもだ。でも、心しておかないとついつい心に入り込む。そうだ、恥ずかしがらずに声をあげよう。天馬はようやく吹っ切れた気がした。それでこそ、自分を晒すことになるし、自分を伝えられる。そういう男がいやなら別れるまでのことだ。自分を晒さずに相手の機嫌を取るように振る舞っても愉しいはずがない。心と躯を解放できるはずもない。

彼女が背中を舐める。

脇腹がくすぐったい。腰をよじらせながら耐えていると、少しずつ快感の芽が膨らみ出すのを感じる。それによって陰茎はさらに尖る。ベッドに腰を押し付けて、自分で陰茎に刺激を加えていく。背中で美紀の舌を感じて、陰茎では自慰のような刺激を味わう。

「ああっ、気持いい……。背中にこんなに性感帯があるなんて、この齢になるまで知らなかったよ。美紀ちゃんのおかげだね」

「うれしいけど、これで終わりじゃありませんから……。わたし、不思議といろいろなアイデアが浮かんできちゃうんです」

「きっと向いているんだよ、男を愉しませるってことに……」

「悦んでもらえるとうれしい。それがすごく新鮮です」

「素晴らしいことだよ」

「椎名さん、ちょっとだけ腰を浮かせてくれますか」

彼女は言うと、腰のあたりにくちびるをつけてきた。ねっとりとしたくちびる。肌に吸い付いてくる。しかもそこで舌先を遣うのだ。舐め回し、唾液を塗り込む。キスマークをつけるかのように勢いよく吸ったりもする。

「ああっ、椎名さんの軀って、すごく美味しい……」

「舌の動きが巧みになっているよ。誰かに教わったのかい？」

「まさか……。誰にも教えてもらったことなんてありません。椎名さんだけです、わたしにセックスのことを教えてくれたのは」

「もっと知りたいだろう？」

「わたし、今は自分の快感よりも、男の人の快感のことを知りたい」

「腰を浮かすんだったよね」

「はい、そうしてください」

彼女のためらいがちな言葉に従う。期待に陰茎が脹らむ。彼女は何をしようというのか。男の快楽をどんなふうに考えているのか。

天馬はうつ伏せのまま、腰だけをわずかに浮かした。

奇妙な恰好だ。四つん這いというのではない。お尻だけを浮かしている。それはバックから交わる時の女性の恰好に似ている。恥ずかしいけれど、ためらわない。彼女に見せつけるように、お尻を突き出す。羞恥心は何も生み出さない。せっかくの期待感が、恥ずかしさとともに失せてしまう。

「ああっ、自分でもすごい恰好をしていると思うよ。こんなふうにするのは生まれて初めてだ」

「素敵です。剝き出しっていう感じがします」

「何が剝き出しと思うんだい？」

「男の人の欲。その裏にある弱さっていうものも、剝き出しのお尻から感じ取れます」

「そうかもしれないな……」

「ああっ、だから愛おしいと感じるのかもしれません」

美紀はお尻にむしゃぶりついてきた。張りつめた肌に彼女は歯を立てる。痛みと快感が同時に生まれる。それが気持ちいい。彼女はそこまで計算したうえで歯を立てたのか。偶然が創りだした快感？　ああっ、いずれにしても気持ちいい。陰茎の先端から透明な粘液が滲み出ている。とろりと垂れ落ちていくのもわかる。

お尻に塗り込まれた唾液が短時間で乾く。ひりひりするような感触が生まれる。それも快感だ。うっとり味わっていると、彼女の右手が股間に回り込んできた。お尻を浮かして欲しいといってきた意味がここにあったのだ。ある程度予想していたけれど、快感のほうは予想をはるかに超えていた。

陰茎を握られる。つけ根から勢いよく摑まれる。刺激が一定だと快感ではなくなるからね。そんな天馬のアドバイスが彼女の指の動きに生きている。陰茎の幹の皮を摘んだり、つけ根まで引っ張り下ろしたり、ふぐりを撫でたり、先端の笠の外周に沿って指の腹を滑らせたりする。その間も彼女は、舌でお尻を突っついたり舐めたりしているのだ。

「ああっ、すごく気持いいよ」

「もっともっと喘いでいいんですからね。それとも、この程度の愛撫だと、そんな程度の喘ぎ声しかあげられませんか」

「そんなことないよ」

「だったら、部屋に響き渡る喘ぎ声をあげてみてください。聞きたいんです、わたし。椎名さんがわたしの愛撫に酔いしれているところを」

「もう十分に酔っているよ」

「ううん、いや。そんなふうに冷静に言われても、信用しない……」

彼女の声音は迫力に満ちていた。女の自尊心をかけているようでもあった。だからこそ、愛撫は愉悦に満ちていた。それに応えるのは、男として当然だ。

「いいよ、ああっ、いいよ。もっとしごいて……。もっと強くしごいても大丈夫だから」

「ほんと？　痛くないの？　皮が千切れたりしない？」

「千切れたっていい。ううっ、こんなに気持いいんだから……」

「わたし、あなたのためなら、どんなことでもできそうです」

「ぼくだってできるよ。快楽のためなら、どんなに恥ずかしいことだってするよ。ふたりにできないことはないいんだ。ああっ、すごい出会いをしたね、ぼくたちは」

「はい、そう思います」

「セックスにタブーがない関係になれるなんて……。そんな相手と滅多に巡り合えるものじゃない。素晴らしい出会いをしたんだよ」

「経験豊富な椎名さんが言うんですから、ほんとに素晴らしい関係なんですね」

美紀は素直に応えた。男性経験の少ない二十五歳の彼女の正直な感想だ。なんて素直な子だろう。愛おしい。ずっとこの肌のぬくもりを味わっていたい。

「ああっ、美紀が欲しいよ」

「きてください、美紀さん。椎名さん。わたしを貫いて」

彼女を仰向けにすると、彼女を覆うように上体をあずけた。全身が高ぶってい
る。信じられないけれど、挿入しなくても絶頂に昇れそうだ。興奮というよりも
感動しているようだった。その感動が愉悦を呼び込み、快楽と合体していた。
割れ目に陰茎の先端を当てた。とろりとしたうるみが満ちている。熱い。めく
れた厚い肉襞が、先端の笠にまとわりついてきて、割れ目の奥に引き込む動きを
する。女の業がそこに現れているようだった。そしてそれを素直に晒すことがで
きる彼女を素晴らしいと思った。

「さあ、きて。奥まで。あなたでいっぱいにしてください」

「さあ、入るよ」

「うれしい……。もっともっと気持よくしてくれるんですね」

「貪欲になることが大切だからね。忘れたらだめだよ」

「わたし、どんどん淫らな女になっていくみたい。いいですか、こんな女で

……」

「こんな女だからこそ、魅力的なんじゃないか。普段は清楚だけれど、ふたりき
りになると、淫らさを剝き出しにする。美紀にはそういう女であって欲しいんだ
から」

「いいんですね、それで」

「最高に魅力的な女になるんだ」

「あぁっ、素敵」

美紀がうっとりとした表情を浮かべながら瞼を閉じた。その瞬間、天馬は腰を突いた。

陰茎が割れ目に入る。うるみが噴き出す。細かい肉襞が笠や幹にへばりつくようにして絡みつく。しかも奥になびくのだ。

陰茎を最深部まで挿した。肉の壁に押し返された。それが心地いい。彼女も腰を突き上げてくる。ふたりの湿った肌の密着度が増し、愛しさもそれにつれて深まるのだ。

美紀の全身が硬直する。伸ばした足がひくつく。絶頂は近い。天馬は鋭く察して、彼女の耳元で囁く。

「いく時は一緒だから。心をひとつにして昇るんだ」

「あぁっ、いきそうです。もう我慢できない。椎名さんは、まだ？　あぁっ、まだなの？」

「もうすぐだ。わかるかい？　君の中でひくひくしているよ」

「ああっ、愛おしい。あなたのおちんちんも心も愛おしい……」

彼女は呻き声を放つように言うと、しがみついてきた。荒い息遣いがつづく。

「いくわ、いきそう、あっ、どうしよう、いくわ」。うわごとのように声をあげる。それに天馬は腰を突いたことで応えた。それをしばらくつづけた後、ついに、力強い言葉を放った。

「いくぞ、美紀」

「きてください。わたしも、ああっ、いきます」

ふたりは全身を硬直させた。

絶頂に昇る。激しく昇っていく。

ふたりは欲望を剥き出しにしていた。そして圧倒的な満足を得ていた。

77 **みられたい** 幻冬舎（平18・6）
78 **禁忌（タブー）** 角川文庫（平18・7）
79 **東京地下室** 幻冬舎文庫（平18・8）
80 **女の方式** 光文社文庫（平18・8）
81 **横好き** 徳間文庫（平18・9）
82 **美しい水** 幻冬舎文庫（平18・10）
83 **女薫の旅　欲の極み** 講談社文庫（平18・11）
84 **渋谷STAY** トクマ・ノベルズ（平18・12）
85 **五欲の海　多情篇** 光文社文庫（平18・12）
86 **h** 講談社文庫（平19・1）
87 **h＋** 講談社文庫（平19・2）
88 **h＋α** 講談社文庫（平19・3）
89 **密室事情** 角川文庫（平19・4）
90 **女薫の旅　愛と偽り** 講談社文庫（平19・5）
91 **男でいられる残り** 祥伝社（平19・7）
92 **女だらけ** 角川文庫（平19・7）
93 **性こりもなく** 祥伝社文庫（平19・9）
94 **女盛り** 角川文庫（平19・10）
95 **女薫の旅　今は深く** 講談社文庫（平19・11）
96 **成熟** 角川文庫（平20・1）
97 **想う壺** 祥伝社文庫（平20・2）
98 **I LOVE** 講談社文庫（平20・3）
99 **女薫の旅　青い乱れ** 講談社文庫（平20・5）
100 **関係の約束** 徳間文庫（平20・6）
101 **ぼくが知った君のすべて** 光文社（平20・6）
102 **男たるもの** 双葉文庫（平20・10）

52　**h+　エッチプラス**　講談社（平16・8）
53　**ぎりぎり**　光文社文庫（平16・9）
54　**好きの果実**　主婦と生活社（平16・10）
55　**女薫の旅　秘に触れ**　講談社文庫（平16・11）
56　**h+α　エッチプラスアルファ**　講談社（平17・1）
57　**女のぐあい**　祥伝社文庫（平17・2）
58　**五欲の海　多情篇**　カッパ・ノベルズ（平17・2）
59　**化粧の素顔**　新潮文庫（平17・3）
60　**好きの味**　主婦と生活社（平17・4）
61　**五欲の海**　光文社文庫（平17・4）
62　**「女薫の旅」特選集+完全ガイド**　講談社（週刊現代編集部　編）（平17・5）
63　**女薫の旅　禁の園へ**　講談社文庫（平17・5）
64　**性懲り**　ノン・ノベル（祥伝社）（平17・5）
65　**関係の約束**　実業之日本社（平17・6）
66　**大人の性徴期**　ノン・ノベル（祥伝社）（平17・9）
67　**五欲の海　乱舞篇**　光文社文庫（平17・9）
68　**吐息の成熟**　新潮文庫（平17・10）
69　**女薫の旅　色と艶と**　講談社文庫（平17・11）
70　**不幸体質**　角川書店（平17・12）
71　**盗む舌**　徳間文庫（平18・2）
72　**ひみつのとき**　新潮文庫（平18・3）
73　**愛は嘘をつく**　幻冬舎文庫　男の充実（平18・4）
74　**愛は嘘をつく**　幻冬舎文庫　女の幸福（平18・4）
75　**女薫の旅　情の限り**　講談社（平18・5）
76　**官能の時刻**　文藝春秋（平18・5）

26 **五欲の海**　カッパ・ノベルス（平14・8）
27 **後味《あとあじ》**　光文社文庫（平14・9）
28 **男泣かせ　限限《ぎりぎり》**　カッパ・ノベルス（平14・9）
29 **忘れる肌**　トクマ・ノベルズ（平14・10）
30 **女薫の旅　旅心とろり**　講談社文庫（平14・11）
31 **女運　満ちるしびれ**　祥伝社文庫（平14・12）
32 **化粧の素顔**　新潮社（平15・2）
33 **無垢の狂気を喚び起こせ**　講談社文庫（平15・3）
34 **熱《いき》**　ノン・ノベル（祥伝社）（平15・3）
35 **女薫の旅　感涙はてる**　講談社文庫（平15・5）
36 **五欲の海　乱舞篇**　カッパ・ノベルス（平15・6）
37 **吐息の成熟**　新潮社（平15・7）
38 **おれの女**　光文社文庫（平15・9）
39 **女薫の旅　耽溺《たんでき》まみれ**　講談社文庫（平15・11）
40 **好きのゆくえ**　主婦と生活社（平15・12）
41 **男泣かせ**　光文社文庫（平16・1）
42 **h　エッチ**　講談社（平16・2）
43 **密室事情**　角川書店（平16・3）
44 **盗む舌**　トクマ・ノベルズ（平16・3）
45 **ひみつのとき**　新潮社（平16・4）
46 **女の方式**　カッパ・ノベルス（平16・4）
47 **女薫の旅　誘惑おって**　講談社文庫（平16・5）
48 **愛は嘘をつく―女の思惑**　幻冬舎（平16・6）
49 **愛は嘘をつく―男の事情**　幻冬舎（平16・6）
50 **忘れる肌**　徳間文庫（平16・7）
51 **横好き**　トクマ・ノベルズ（平16・8）

神崎京介著作リスト

1 **無垢《むく》の狂気を喚《よ》び起こせ**　講談社ノベルス（平8・10）
2 **0と1の叫び**　講談社ノベルス（平9・2）
3 **水の屍《かばね》**　幻冬舎ノベルス（平9・8）
4 **陰界伝**　マガジン・ゲーム・ノベルス（講談社）（平9・9）
5 **ピュア**　幻冬舎ノベルス（平9・12）
6 **ハッピー**　幻冬舎ノベルス（平10・2）
7 **ジャン＝ポール・ガゼーの日記**（翻訳）　幻冬舎（平11・7）
8 **女薫の旅**　講談社文庫（平12・1）
9 **女薫の旅　灼熱つづく**　講談社文庫（平12・5）
10 **服従**　幻冬舎アウトロー文庫（平12・6）
11 **禁本**（ほかの著者とのアンソロジー）　祥伝社文庫（平12・8）
12 **女薫の旅　激情たぎる**　講談社文庫（平12・9）
13 **滴《しずく》**　講談社文庫（平13・1）
14 **女薫の旅　奔流あふれ**　講談社文庫（平13・4）
15 **女運**　祥伝社文庫（平13・5）
16 **イントロ**　講談社文庫（平13・7）
17 **女運　指をくわえて**　祥伝社文庫（平13・7）
18 **他愛《たあい》**　祥伝社文庫（平13・9）
19 **愛技**　講談社文庫（平13・10）
20 **女薫の旅　陶酔めぐる**　講談社文庫（平13・11）
21 **おれの女**　カッパ・ノベルス（平13・12）
22 **イントロ　もっとやさしく**　講談社文庫（平14・2）
23 **女運　昇りながらも**　祥伝社文庫（平14・3）
24 **女薫の旅　衝動はぜて**　講談社文庫（平14・5）
25 **男泣かせ**　カッパ・ノベルス（平14・6）

双葉文庫

か-33-01

男《おとこ》たるもの

2008年10月19日　第1刷発行

【著者】
神崎京介《かんざききょうすけ》

【発行者】
赤坂了生

【発行所】
株式会社双葉社
〒162-8540 東京都新宿区東五軒町3番28号
[電話]03-5261-4818(営業) 03-5261-4840(編集)
http://www.futabasha.co.jp/
(双葉社の書籍・コミックが買えます)

【印刷所】
三晃印刷株式会社

【製本所】
三晃印刷株式会社

【表紙・扉絵】南伸坊
【フォーマット・デザイン】日下潤一
【フォーマットデジタル印字】ブライト社

ISBN978-4-575-51232-8 C0193